学坏

Wicked Ways

戴潍娜

上海文艺出版社

目录

序：
迷人的冲突
001

历史总是说谎：
鲍勃·迪伦学坏指南
001

永不疲倦的命运探戈：
普希金与黑桃皇后
043

黑弥撒与撒旦先生：
引诱者乔伊斯
055

去爱昙花一现的事物：
波伏瓦的中年危机
072

"她者"的醒来：
玛丽莲的呼啸战场
114

另一种英雄主义：
东亚女性改变之书
128

殉道者，受虐狂与解放过去：
林奕含的幸存者文学
158

我们终将毁于我们热爱的事物：
"真理瘾君子"赫胥黎
186

过时与重生：
成长中的泰戈尔
201

附录一　演讲：
过度的人与匮乏的人
239

访谈：
性别议题还能给当代文学带来什么
251

后记：
致命阅读
271

序

·

迷人的冲突

许知远

"你真想生活在那些时刻吗?"

一次半醉半醒时,我问潍娜。她清楚地知道,那是什么?是 20 世纪初的维也纳,坐在中央咖啡馆里,你会碰到弗洛伊德、马勒,或是流亡中的托洛茨基,他正趴在小圆桌上写着什么,头发乱蓬蓬,鼻梁上的眼镜就要滑进咖啡杯;也是 1920 年代的伦敦，布鲁斯伯里团体在花园聚会，伍尔夫与罗素闲谈，斯特雷奇对凯恩斯表现出一贯的妒忌与轻视；还是西尔维娅·普拉斯与特德·休斯相遇的剑桥，风景清冷，情感与才华却过分炽热。

"当然，"她饮了一口朝日啤酒，口气俏皮又坚定，"我不是一直在等待着能穿梭回去的一刻吗？"我羡慕她的坚定，也记得自己年轻时的渴望，想体验一切、品尝一切，与世界最富才智的人为伍，并享受某种特权，它与权力与金钱无关，而是敏锐与洞察。你享受时代的骄纵，并展现一个更自由、肆意的自己。

逐渐的，这种渴望黯淡了，甚至彻底忘记了。我对自己的智识信心不足，如果真的碰到苏珊·桑塔格，真的可以和她进行平等的对话吗。偶尔，我也对自己的成长环境心生怨念，9岁的以赛亚·伯林与小伙伴穿越海德公园时，一直谈论莫扎特，天哪，9岁的我在做什么？

在你的青春岁月，很少有人告诉你世界的广阔模样。北大周围的饭馆林立，燕京啤酒、干煸四季豆味道颇佳，却与剑桥 The Eagles 酒吧的氛围毕竟不同，没人在此争论 DNA 的双螺旋结构，奥古斯丁的经院哲学，或是奥登与艾略特，谁更深邃……自然，我们也有自己的雄心与焦灼，但常过分贴近地面了，我们首要精力要用在摆脱现实的束缚，以至于我们中最杰出的头脑，只以排斥了现实侵扰为傲，而非在既有的思想与情感高原上，继续展翅。我也记得自己的失语，当我真的置身于渴望已久的文明中心时，发现自己找不到落脚点。

"……一群人在那里高谈阔论，像是真理在握：在香槟中划船，听爵士或民谣，以及诵读拜伦或乔叟的滑稽情景，仿佛全世界最聪明最漂亮的都聚集在这一间华丽的客厅。那种放浪、颓靡又严肃不堪的智力生活，是叫人中毒和上瘾的"，当我在潍娜新书中，读到这个段落时，心头一紧，似乎沉睡已久的某种情绪,突然被唤醒。

认识潍娜已十多年。我记得,初读到她译作时的惊艳,她完全触摸到那位匈牙利异端的风格,简洁、决绝以及反讽,这是一个诗人才有的感受力。彼时,她作为一个年轻诗人,声誉已然鹊起,在偶尔读到的诗句中,我被她的激情吓了一跳。她似乎是两种力量的共同产物,一方面轻盈、灵动,这是天然全球化一代的自信,至少在短暂的时段,世界是平的,你可以跳出历史的羁绊,与所有人同时出发;同时,她却又对伟大传统充满执念,想啜饮所有时代的精神陈酿,奋不顾身的投身其中。她对世界总有一种贪婪,她想读所有书、听所有曲调,更不会错过任何一次旅行机会,从奥克兰到墨西哥城,她渴望新鲜体验,也从不怯于将自己抛入陌生环境中……

她又对此保持某种警惕,激情令人陶醉,也可能灼伤自己。在一些时刻,她刻意沉入学术世界,那些规范以及繁多的注脚,是某种锁链,或是锚定,让激情不至四处游动。她知道自己内在的矛盾,处于艺术家与知识分子的常年紧张之中,她吞噬一切、挥洒一切,却又不断自省,不断感受自身匮乏,以及因匮乏带来的不满与饥饿。同样重要的是,她始终有某种俏皮,她总可以在饭桌上,沿着你手掌的纹路,指出你的命运,是的,在牛津时,她还专攻过占星术。

这本散文集炽热、广博。从鲍勃·迪伦、普希金到波伏瓦、泰戈尔,潍娜在不同时空穿梭,捕捉那些最具创造性、颠覆性的才华与情绪。偶尔,你觉得这些词句过分华丽了,幻象总是轻易地吞噬掉现实。在她追寻的那些激烈、绽放之下,失望、苦涩乃至灾难,被习惯性略过。

对我而言,尤为重要的是,这本书启发了我对女性意识的某种理解。我着迷于历史中很多个人与群体的醒来,却很少试图感受,"她者"的醒来,这其中蕴含的激越与失落,有迹可循,又卓绝不同。

历史总是说谎：

鲍勃·迪伦学坏指南

炮弹还要飞射多少轮

才能永禁人间？

——《答案在风中飘》①

有些人，用文字写诗；另一些人，直接用人生作

---

① 文中引诗除文末最后一句，其余引诗均为作者自译。

诗。真正的诗人，还得活成一个诗人，这才算数。

鲍勃·迪伦的人生，是他的一场行为艺术。他似乎告诉世界，一个人可以随时随地放弃或篡改自己的过去，甚至尝试抛弃自己的性格，去扮演另一个人，最终成为另一个自己，无限多个自己。或者说，他一直在扮演自己。

他身上有最迷人的两个身份：写作者和表演者。而无论是写作，还是表演，都可以让人过上别人的人生。迪伦的一生，聚集了形形色色、匪夷所思的人物，他就像一位拥有无数笔名的诗人，如同西方乐评人所发现的那样，聚居在他体内的有民谣救世主、霓虹灯兰波、演艺人士、狂躁的美学变革者、自我神话制造者……当然，他还是当之无愧的新典范嬉皮士。粉丝们都在尖叫："就连他叼烟的角度都那么完美！"

二〇一一年，北京，三里屯西红柿酒吧。一位擅长仰面向虚空吐出完美烟圈的绅士，在嘈杂派对里正与我努力交谈。我们方才结识。幻乐轰鸣。两个年轻人隔着小方桌竭力扯大嗓门,仍无法听清对方言语,只能调皮地比画放弃的手势。突然间,他探过身,我心一惊,一双大耳机扣到我头上——迪伦轻叩般的嗓音一秒流出,冲刷走乌烟瘴气。"一个男人要行多少路/才算得上男子汉?/ 羽白鸽要穿越多少片海/才可安睡在沙滩?"我直觉身体里的血与音符一同跃动。口琴伴奏凝成一股蹦跳向前的溪流,几乎叫人相信世上根本没有到达不了的远方。十年前的北京,没有诺奖的新闻效应,鲍勃·迪伦还是文青小众会心一笑的暗号。但凡他出新专辑,或稍有响动,最该恭喜的是做伍迪·艾伦的图书编辑,因为总会有人拨文青/盲,第一时间冲进书店,翻找鲍勃·迪伦,最后心满意足抱走《伍迪·艾伦访谈录》,就像买《比尔·盖茨传》错买到《了不起的盖茨比》。

彼时,我还一心把文学当作谋爱的情人,并不打算以文谋生。时值青郁年华,所有转折似乎都在一念之间。一周以后,那位吐烟圈的陌生朋友回去剑桥上学,我们再未谋面。没想到他出国前寄给我一只iPod,里面装了一百多首迪伦的歌曲。白天黑夜,我循环播放。鲍勃·迪伦的吟唱犹如一场虚空中的邀请。我第一次为现代诗的摇滚精神着迷战栗。

> 它扰乱着我的心,爱人
> 看到你试图成为
> 那并不存在的世界的一部分
> 那无非梦一场,宝贝
> 一片虚空,一个诡计,宝贝
> 它这样诱捕你卷入虚幻
> ——《致雷蒙娜》

这些歌词旋律犹如致幻剂,诱捕刺激着年轻人的中枢神经,引发一系列深度精神反应。被感染的耳朵,会变得如同士兵执行任务般警觉、主动、欣快,不知疲惫。迪伦时而语言密集如枪林弹雨,时而抛却意义呓语抒情,所有欢呼和质疑最终都变成他的加冕典礼。是啊,曾经质疑过他天才的同时代人都承认自己当时聋了。

切都只因"试图成为"的决心,而发生了奇妙的化学反应。迪伦用自己的音符炸开一条花路。我当时无事可做,正诗歌上头,也想用诗歌的韵脚轧出一条出路。

一、 历史总是说谎,就跟鲍勃·迪伦一样

个同于精神霸凌,或情感自虐式的黑暗现代诗,也绝非什么非凡的奥林匹克脑力游戏,鲍勃·迪伦的艺术,更像是一种幻觉扩音器。变化多端的个性在表演中即兴释放。只要抱上吉他,他就是舞台上的国王;如同那些真正伟大的诗人,一拿起

笔，便纸上为王。

　　了不起的是，迪伦在两个如此遥远的国度里都有自己的疆域。

　　他可以感染那些最高级最有智识的头脑，也可以触动莽莽大地上无数未曾苏醒的心灵。他与同时代的众多精英交往，也决不拒绝庸人涌入；毫不费力潜入他人灵魂的同时，他更是热烈欢迎众多角色侵入自己；他夜读拜伦、雪莱、朗费罗、爱伦·坡，也竭力模仿音乐英雄埃尔维斯，一句句抠过"街头之王"范·容克的唱腔。有段时间他为了学习黑人音乐，整个人陷入黑人文化里，吃传统黑人食物，交黑人女友。模仿果真是极致恭维。正是他开放且不定型的人格，帮助他一遍遍修改自我，顺利汇入他所钟爱的艺术传统。最为巅峰的致敬，出现在他与伍迪·格斯里的"交往"中。这位旧吉他上写着"这玩意儿能干掉法西斯"的民谣教父，是迪伦心目中最后一个英雄，他甚至安排了偶像伍迪冥冥之中传位于他，将未竟的大业托付给自己……尽管这两个人现实中从未见面；尽管自五十年代初伍迪就因困于"亨廷顿舞蹈症"，失去神经感知，日渐被蚕食为一具活死人。

无论如何，一切在虚空中真实发生了。迪伦汇入传统河流的愿望是如此真切，他极其擅长将传奇性赋予寻常经历，连头发也成为传奇的一部分。读过他的自传性文字的都会记得，他第一次理发后就罹患重病，决计从此不让别人碰他的鬈发。成名后也拒不去发廊，只肯让女友代剪。但如果看过他一九五九年希宾高中年鉴照片就知道，理发对他的确是一场灾难。照片上，他梳着当时流行的一丝不苟的绅士头，偶像形象大打折扣。

传奇，是他的追求，是他的信仰，亦是他的本质。

在艾伦·金斯堡的影响下，迪伦一度对易经和佛教痴迷，加上第一任妻子萨拉醉心于东方哲学，他也多少有些神神叨叨。六十年代的美国，神秘主义大行其道，通灵人现身如雨后春笋，越来越多人笃信内在世界和外在世界的贯通，而迪伦恰恰"脱胎自那些有史以来最狂热、最混乱不清、最吵闹的传说"①。众多自造的神话，只因在他内心世界真实存在，从而获得了合法性。一直以来，迪伦都沉浸于制造宿命般的浪漫气氛——"他按照理想的样子回忆过去"②。

我相信，当他谈论这些幻觉时，并不认为自己在撒谎："民谣音乐，如果不是别的，把你变成一个相信者。"③

他的信念感如此之强，可以将演唱转化为祷

---

① 戴维·道尔顿：《他是谁？探寻真实的鲍勃·迪伦》，郝巍译，广西师范大学出版社，2015年，第3页。
② 鲍勃·迪伦的朋友哈里·韦伯评价说："只不过因为迪伦是个浪漫的人罢了。他按照理想的样子回忆过去。"转引自①，第27页。
③ 鲍勃·迪伦对格雷尔·马库斯说过这句话。转引自①，第35页。

告,坚信自我想象绝不是虚假的希望。"我走了很长的路到这里,从最底层的地方开始。在命运显形的时刻,我觉得它正看着我,而不是别人。"①

他如此深陷于自己的谎言和神话中不能自已。

一九四一年出生在美国的鲍勃·迪伦,童年生活在明尼苏达矿石城希宾市。那是一座毗邻加拿大边界的寒冷城市,雪松林中常有熊出没。持续八个月的沉闷冬季,"除了从窗户向外张望无事可做,你甚至会萌生出一些令人惊讶的幻觉体验"②。城北巨大无比的矿坑,犹如人工开砸的大峡谷③,空气中弥漫着各种古怪金属射线,当地人声称"人们经过希宾都必须洗洗耳朵里的矿尘"④。成年后的

---

① 鲍勃·迪伦:《编年史》,河南大学出版社,2015年,第23页。
② 霍华德·桑恩斯:《沿着公路直行:鲍勃·迪伦传》,余森译,南京大学出版社,2012年,第22页。
③ 赫尔-如斯特-马赫宁矿坑被称为"北方人工开凿的大峡谷"。
④ 同②,第22页。

迪伦，反复篡改有关希宾的记忆。然而，有一些微小顽固的矿尘会幽灵般永远粘在身上，连同呼吸过的带金属感的空气，混合成一种一生携带的迷醉、致幻的气息。十九岁的迪伦，口袋里揣上十个钢镚儿，离开希宾去往纽约。

纽约，又是另一种幻觉。乖张放浪的格林威治村，不能给任何人保证，却须臾不停勾引着对改变抱有幻想的意志坚强者纷至沓来。迪伦到达时正值严冬，"在这个冰冷黑暗的大都市里我不认识一个人，但这些都会改变——而且很快"[1]。奥德赛还乡般，迪伦踏上自己的光荣之路。他抹去了希宾历史，称自己跑过嘉年华，开过挖掘机，时常改名换姓寻找一个响亮的艺名，有时也会告诉新认识的朋友自己来自新墨西哥，以激发他们的好奇。自从资本挖走了他辛苦组建起来的乐队，少年迪伦就明

---

[1] 鲍勃·迪伦：《编年史》，河南大学出版社，2015年，第10页。

白,在这个政治取代了道德的世界,普通人怎么玩也玩不赢庄家,没有公平没有机会,除非——除非跳出规则。

一切只是游戏。

他享用镁光灯,也戏弄镁光灯。无论达成事业、获得名气、玩转媒体,抑或私生活中毫无必要的"戏剧",迪伦都将游戏精神贯彻到底。他的一位女朋友对此评价道:"有些孩子气,有些愚蠢,但很美丽。"①

有人诟病,他是个撒谎家,一个撒谎成性的捣蛋鬼。似乎,迪伦总在调戏我们,调戏世界,而我们又过于认真地恋着那个真实的他。我常想,为什么,为什么不去期待一个虚假却更精彩的他呢?

可不就是那胡闹的夜晚,而你试着安静

---

① 霍华德·桑恩斯:《沿着公路直行:鲍勃·迪伦传》,余森译,南京大学出版社,2012年,第496页。

下来

……

在那空地上,女人们晃动钥匙链玩"捉瞎子"

姑娘们彻夜耳语着D线列车上的越轨事迹

我们听见了守夜人按动手电筒

他问自己,究竟我疯了,还是他们在发疯

露易丝,她还好,她就在旁边

她脆得像片镜子

照得一切玲珑可见

约翰娜不在此地

电光之魂窜进她颧骨里鬼嚎

约翰娜的幻象今已取代我

——《约翰娜的幻象》

那些虚构的身份只不过是他的替身。在凶险时代,只有艺术能充当我们的替身。生活当中的种种选择，都将在故事里变成美学选择。到那时，人生便是一场完美的叙述与虚构。

历史总是说谎，就跟鲍勃·迪伦一样。

为了捉住那些幻身，抑或偷师，我甚至查找了几本从未得到本人肯定的传记——研究者试图祛除迪伦身上的魅影，将他扯下神坛。我抱着成功学的心态偷看完，不出所料，一无所获。最终只能茫然发现：天才最重要的天赋，就是他的幸运（鲍勃·迪伦曾经的乐队合作者乔治·哈里森不喊他 Bobby，而是喊他 Lucky。）一个人可以做的全部努力，就是握住自己的命运，跟它来个击掌，祝好运！

二、民谣，是一种抗议

犹如莱斯利·费德勒[①]所言，"美国这块土地本

---

① 莱·费德勒（1917—2003），美国著名作家、评论家、公共知识分子。其代表作《美国小说中的爱与死》一经出版便引发震动，颠覆了传统文学解读和文学批评。

身，就是一剂迷药，它引发各种胡言乱语、疯癫、理想主义，还有那种唯我独尊的脾性"①。鲍勃·迪伦书写美国的原罪，一些歌曲让人觉得他在描写一个狂热的地狱，他却经常把它们唱成"黑色幽默的赞美诗"。他身上还有一些迷人的小细节，比方戴维·道尔顿留意到，他讲话和唱歌一样，紧靠着音节，压着韵脚。他以一种惊人的、攻击性的方式迷倒你，击中你头脑里早埋伏好的疯狂与敌意，而你早就准备好打破过去的自己。

很多年里，我全部的愿望是做一个崭新的人，时刻准备着开启另一番理想人生。有阵子，随着微信阅读习惯养成，天生适合竖屏的分行体诗歌有复苏假象。阳光满地撒金，漫山遍野诗人开尽。各地诗歌节多到诗人不够用。一周七天，京城诗人们恨

---

① 戴维·道尔顿《他是谁？探寻真实的鲍勃·迪伦》，郝巍译，广西师范大学出版社，2015年，第150页。

不能有八天在外地采风。每一个城市有它自己的啤酒，每一个城市有它自己的诗歌。天下诗人是一家，四川皆兄妹，广东如亲戚。我们真的像张枣写的那样，"随便去个地方，去偷一个惊叹号"[①]。我尝试着，在短途旅行中，增加新的性格色彩，丢掉一些厌倦了的陈旧自我。面对全然陌生的环境和陌生人，换上一副即兴面孔，兴致盎然地活着。至今，我仍觉得这是我从迪伦身上学到的最棒的东西。创造，是这个世界上最酷的事情。人有权时刻创造自己！迪伦完美处理了"诗"和"人"之间永恒纠结的关系。我们只在一些时候是诗人，另一些时候是男人、女人、情人、工人、聪明人、糊涂人、好人、坏人……如果一个人时时刻刻都是诗人，是挺可怕的。那种生命强度，不是人可以一直承受的。太多的现代诗人把人生赔了进去，海子赔

---

① 张枣：《枯坐》。

上了性命,顾城赔上了人之为人的一切。"诗歌是一场需要你把一切都押上去的游戏。"①

百变的迪伦,似乎破解了诗人的厄运,无意中也指引了中毒不浅的文艺女青年。对别人诚实,对自己可千万别吝啬甜美的谎言。何不将诗歌修辞化入人生修辞,在游戏中多购置几副马甲,马甲即铠甲?假装,有时真的能成真。听着迪伦《年轻在心》,哪怕年过三张,我真的相信人生刚刚起航,没错儿,这才是值得拥有的"现实"!我不想被生活恐吓。回头来看,迪伦之所以能在众多身份中游刃有余,一切源于他的"现实感"与众不同。

> 我住在另一世界,那里生活和死亡皆被铭记

---

① 切斯瓦夫·米沃什:《站在人这边》,黄灿然译,广西师范大学出版社,2019年,第439页。

那里，地球与恋人的珍珠同被串起。我眼里全是暗黑的眼睛

——《黑瞳》

据说这首歌灵感来源于一位应召女郎。当时迪伦住在纽约的广场饭店，当他走出电梯门时，迎面走来一位年轻女子，她眼圈漆黑，化着浓浓的烟熏妆，貌似刚遭殴打，面带惶恐之色。当晚，迪伦怀着黯淡心情在酒店写下了这首黑色电影般的歌曲。人生，又何尝不是一部黑色电影？踩中时代节拍的迪伦，长期居住在由寓言、圣经故事、街头冲突、西部枪战、民间轶闻等组成的"新闻世界"，对今时今刻保持着疏离。包括他跟深爱的女友琼·贝兹分道扬镳，很大一部分原因也是憎恶她和现实政治走得太近……早期，他在舞台上爱扮滑稽小子，那大概是他最真实的反叛者原型。

在严肃与滑稽间任性切换，他打破了宏伟的公

式;他的吟唱,也葆有原初民谣特质——绝不是今日羊毛卷木吉他的小清新,而是充斥着古怪、黑暗、诅咒、死亡故事的美国民俗大杂烩,其中不乏哥特式传奇。"我唱的民谣绝不轻松,它们并不友好或者成熟甜美。"[1]

那时候的民谣,是一种抗议。

当他带着几分无知,驼色夹克,苍白脸庞,颇为羞涩地坐在碳素色幕布里,很多人竖起耳朵只为捕捉他诗化的歌词。人们为之倾倒的,不是他锈迹斑斑的嗓音,而是他吐露的时代之音。

他们贩卖

绞刑的明信片

他们把护照涂成棕色

水手塞满美容店

---

[1] 鲍勃·迪伦:《编年史》,河南大学出版社,2015年,第37页。

城中驻进马戏团

……

此刻,奥菲莉亚,她在窗下

想到她,我实在害怕

就在二十二岁生日

她已成老处女

对于她,死亡相当浪漫

她穿着铁铸的胸衣

她的行当即她的宗教

她的罪恶即她的枯燥

即便她双目紧盯

诺亚的巨大彩虹

她也耗费生命,窥视

荒凉行

——《荒凉行》

美国精神向来是一种拼贴艺术。迪伦用一种诗人模棱N可的方式,跨越界限,随手拼贴着各种历史意象——奥菲莉亚、诺亚、奥古斯丁、约翰·卫斯理·哈丁等等人物在他歌中都是同时代人,好像他要把各色人格、各种历史、各类神话一股脑儿灌入黑胶唱片。鲍勃·迪伦让我们不断想念起那些局外人、边缘人以及被放逐者的命运。

这些象征主义的作品,出其不意地触动着六十年代的疯狂心跳——那是与父辈决裂的激情年代,一切都渴望被打碎,重组,从头洗牌。既然有本事拿黑手党手段摆平"诗"和"人"的矛盾,迪伦也同样擅长处理自己和"时代"的紧张关系。一九六九年,迪伦告诉简·温纳,他在一辆纽约出租车的后座上创作了这首《荒凉行》,但他从未解释标题究竟何意。这个奇异的标题很可能是由"垮掉派"凯鲁亚克《孤独天使》与约翰·斯坦贝克小说《罐头工厂街》合并而来。① 事实上,迪伦跟"垮掉的一代"走得很近,他崇拜凯的鲁亚克,喜欢邀请朋友们加入他的巡演公路旅行,那是他的"在路上"。"垮掉派"领袖金斯堡就曾欣然受邀,跳上大众露营车,一长票人从旧金山启程,轰轰烈烈地驶向南加利福尼亚的方向。

> 哦,我乘上了一列邮车,宝贝
>
> 却买不来一个陶醉
>
> 哦,我彻夜未眠,宝贝
>
> 斜倚在窗边
>
> 哦,如果我死去
>
> 在山巅
>
> 如果我未能幸存

---

① 《荒凉行》的标题原文 Desolation Row 很可能是 Desolation Angels 和 Cannery Row 的合并,且与源文本《荒原》存在互文关系。

你知道我的宝贝会的

——《笑要付出许多，哭要一火车》

列车穿透我的耳膜，啸鸣而过。

正确的或错误的人不断冲进迪伦的生活，进进出出。我为那种动感，又不至于太过动荡的生活着迷。迪伦自己就像一辆唱唱停停的列车，每到新的站台总有新鲜的人涌入，一些旧人不可避免地下车，因而难免有故交对记者说些怪话，抱怨连一张迪伦演唱会的免费门票都搞不到。

大概，连迪伦自己都没有想到，他能中到诺贝尔文学奖的彩票。二〇一六年诺贝尔文学奖冒天下之大不韪颁发给了迪伦。消息一出，多方哗然，文学的边界被捅破了。表演，成为了这个时代的主题，目测诗歌圈将发生大面积吉他团购……很少有人知道，其实早在一九九六年迪伦就拿到过诺奖门票，写推荐信的正是"嚎叫"诗人艾伦·金斯堡。

很难说，金斯堡和迪伦究竟谁是谁的崇拜者，迪伦被金斯堡诗风折服，金斯堡则表示："害怕自己成为他的奴隶……"① 情况就是这么个情况，他确实忍不住为迪伦不断付出，坚信这位可能的奴隶主唤醒了诗与歌的天然联系。十年后迪伦再度获提名，二十年后他才获奖。还属瑞典学院那帮老学究最会玩，借一波争议，令诺奖回春。迪伦也完美践行了他神圣的游戏精神：缺席颁奖典礼，请好友帕蒂·史密斯代为领奖。一顿操作既迎合了粉丝想象，更是给他欣赏的知己一个全世界的注目礼。

大声喊出"耶稣是因别人的罪而死，不是我的"朋克教母帕蒂·史密斯，当然也值得诺奖舞台。

那年从冬天到春天，我手痒翻译了近百首迪伦诗歌，去昆明喂鸟也不忘带上译者笔记。翻译确是

---

① 霍华德·桑恩斯：《沿着公路直行：鲍勃·迪伦传》，余森译，南京大学出版社，2012年，第195页。

件危险工作。从事这桩劳役的人,始终被动,不知不觉中被原作幽灵般的思绪侵犯。墨水落在纸上,雨滴落在身上,你不知道究竟会有多少渗进自己的身体……

无论如何,鲍勃·迪伦是给压抑者的精神指南。

三、就像个女人

是的,她索取像个女人

是的,她做爱像个女人

她疼痛起来像个女人

但她一伤心,就变成一个小女孩

——《就像个女人》

我对鲍勃·迪伦的共情,日渐扩张到他身边杰出的女性身上。尽管她们已活到祖母的年纪,但年轻似乎从来不曾将她们抛弃。她们生命中最重要的部分，甚至一直在变好。

朋克教母帕蒂·史密斯，像一挺扫射的AK47冲锋枪，轰破了机场、商场、广场、情场的大门。如果不出所料，帕蒂是迪伦的火药知己。开头我只听到她的酷，后来有位摇滚小子对我说：你要再仔细听，直到听到她的甜！果真，是无可匹敌的甜，摧枯拉朽的甜。唯独能跟这"甜"打平手的，是琼·贝兹驱邪般的颤音——那是她用锋利无比的铅笔尖抵住喉咙一遍遍练习而成。

> 你我皆知，记忆带来了什么
> 记忆带来钻石与铁锈
> ……
> 现在，你在破旧的小旅馆
> 窗前微笑
> 俯瞰着华盛顿广场的方向

你我呼出的气息，若白云

缠绕，悬浮于空中

对我来说，

我们几乎当场当时可以死去

——《钻石与铁锈》

琼·贝兹在歌声中忆起华盛顿耶尔勒小旅馆的往昔——十年前，迪伦与琼在那儿度过了生命中隐秘的销魂时光。他弹着琼为他买的钢琴，吃着琼给他端来的早餐，在打字机上敲下琼带来的灵感。据迪伦自己说，大多数歌曲进入他脑海时已经成形，他只需轻松记录下来即可[①]，不晓得这是否也是他自我神话的一部分。

《钻石与铁锈》《多纳，多纳》中的灵魂颤音，像一首首真正高远壮美的宗教诗篇，你几乎可以听

[①] 霍华德·桑恩斯：《沿着公路直行：鲍勃·迪伦传》，余淼译，南京大学出版社，2012年，第193页。

到爱恋的呼吸和祷告，它们被云烟一冲即散。几乎是在彼此青春的开端，琼和迪伦"历史性地相遇了"①，他们携手相爱于时代的风口，随后，"风第一次把他的手从她手里吹走"②。

风，再一次，把一些曾经挚爱的事物吹回我手里。顶着风，沿学院路走，像一场一个人的游行。走到中关村五十九号门口，愤而停下脚步。在社会上拔剑四顾心茫然，不如回校念文学博士。

读博期间的同寝室友，网名"布尔乔鱼"，主攻基督教研究。我们两个女生很快要好到同穿一条裙子。当时我们虽对世界已有所见解，却还不知道如何做一个女人。有限的生活没有给我们提供足够多的女性榜样。白天，我们吃斋念书搞学术；到了

---

① 琼·贝兹：《钻石与铁锈：琼·贝兹自传》，朱丽娟译，北京联合出版公司，2020年，第89页。
② 琼·贝兹在自传中形容他们的分手："我们在彼此眼中从飓风慢慢变成气流，风第一次把他的手从我的手里吹走。"引自①，第92页。

夜晚，宿舍熄灯开启此恨绵绵无绝期的长夜交心，盘盘彼此手头上正感困惑的男人——答案在风中飘。夜聊多半以她给我念圣经段落收场，结束一天清醒的时光。

直到有一天，她翻译了琼·贝兹的自传《钻石与铁锈》，我们好像一下子找到了做女人的榜样。琼·贝兹目光如炬，下巴坚毅，美貌虽不达满分，生命的酒杯却为爱斟满。她善良、慷慨、缥缈，叛逆；她的独门颤音，像人类在上帝面前的最后一线生机，亦像一种静静的咒语。我打开手机里的音乐软件，曾经俘获一代人灵魂的民谣皇后，如今点击率寥寥，多数人只津津乐道鲍勃·迪伦和乔布斯都曾沦为她的裙下之臣。

虽说优秀女人是男人们间的流通货币，但若认为乔布斯追求琼是追星行为——为了与他的偶像鲍勃·迪伦建立某种隐秘联系，这种看法何其肤浅且大男子主义。人们显然忽视了天后的人格魅力。

混合了墨西哥和苏格兰血统的琼,拥有一种宽容接纳的美好品性,她善于和一切人交朋友,甚至和迪伦的第一任妻子萨拉结成莫逆(琼感觉自己应该保护萨拉)——她们当时都还爱着迪伦,做情敌显然更为合理。萨拉和迪伦育有子女,这对夫妻后来在他们洋葱型别墅的装修大业上发现了彼此最深层的分歧而离婚。我并不认为这两个聪明女子的友谊是伪善表演,或者某种社交需求,更愿意相信那是奇女子之间的默契——毕竟她们都有一样的好品味:看上了同一个了不起的男人。

事实上,真正令我震断肝肠的,是琼和另一个男人——马丁·路德·金之间纯洁而密切的友谊。跟迪伦恋爱,少不了同行间的嫉妒猜忌;而马丁·路德·金,像一阵飓风般将她的生命层次带往山巅,俯瞰悲悯人间。他可是她的"大号的巧克力天使"[①],当他

---

① 琼·贝兹:《钻石与铁锈:琼·贝兹白传》,朱丽娟译,北京联合出版公司,2020年,第113页。

们共同喊出"我有一个梦想",腰杆挺直,投身高尚的非暴力运动,琼被激发出更好的自己。作为坚定的和平主义者,她不仅可以为反征兵海报穿上性感服装,还多次冒着生命危险投身反暴力运动。在河内没日没夜的轰炸中,她奔走宣传反战;在委内瑞拉,她为智利战乱中逃亡的难民献唱;为了救几个毫不相干的越南俘虏,高傲的民谣皇后可以为对方下跪。琼毕生反战,和马丁·路德·金一样,"试着用自己的生命服侍他人"[1],这"他人",显然不是老公、老板,而是更多需要帮助、受苦受难的人。她形容自己有一种奉献和牺牲的"瘾";她对于变革时代的热情,让即便是迪伦这样的男人也感到害怕。

我的生命中有大量深刻的欢愉,而并无多少

---

[1] 琼·贝兹:《钻石与铁锈:琼·贝兹自传》,朱丽娟译,北京联合出版公司,2020年,第129页。

享乐。我对享乐并不了解多少。在这个世界上还有人无法穿暖吃饱之前,我不应该过着享乐的生活……内心深处,我觉得自己应该一无所有。①

读到"撩汉高手"琼·贝兹"最大限度行善"的内心独白,室友和我得出结论:唯有心地广阔,为辽远事物和更美好的世界敢于牺牲,才能赢得男人,赢得与之匹配的热忱灵魂!

尽管这个结论,如今看来谜得离谱,但当初,我们千真万确激动万分。

两个疯狂女博士,将手机音量调至最大,关掉灯、挥舞手电筒,边蹦边哼迪伦献给女人的歌曲——"呵,他们当中谁自认能埋没你?""呵,你觉得他们当中谁有本事毁掉你?"——宿舍变成迪厅,很快被举报,迎接楼管阿姨的上门教育。

---

① 琼·贝兹:《钻石与铁锈:琼·贝兹自传》,朱丽娟译,北京联合出版公司,2020年,第148页。

研究者们拍着胸脯下定论：这首《低地的愁容女郎》是鲍勃·迪伦为萨拉所作，歌里出现了圣经中永不重建的城市，而不断重复的"低地"，是迪伦玩的一个音节把戏（"低地"的原文 lowland 与萨拉的姓氏 Lowndes 发音相近）。但我们根本不想理会这些！何必孜孜不倦考据此等美得心碎的诗，究竟是为哪个心上人所作，是献给提携过他的民谣皇后？还是妻子萨拉？初恋埃科？抑或那些做好事不留名的女子（我曾试图从众多研究资料中汇总统计迪伦的女伴数目，最终数到头晕）……天哪，这些研究者怎么可以如此不了解写诗的男人，他们哪里在乎一首诗最初献给谁，他们在乎的永远只是诗本身。

凡所过往，皆为素材。

如果他没有篡改题献，一稿多投——将同一首诗反复利用，送给不同的新认识的女友，那已然属于道德高尚。诗作为礼物，确是世上最虚伪的。到头来，作品只属于作者自己。

男人和女人在这类事上的道德水准，往往有着较大差距。琼·贝兹几度重录迪伦那首赌咒发誓，混合了爱之神圣与粗鄙的名曲《爱不过是四字词》①。事实上，当它还是未完工的草稿时，琼就开始用她艰苦训练出的完美颤音吟唱它；二人分手多年后，这首歌仍是她在舞台上的常演曲目。相形之下，迪伦显得自我中心，他含糊其辞，只承认琼是给他算命的女巫。恢复联络后，迪伦邀约琼加入他的巡演嘉年华，却始终避免同台，这让琼相当受伤。很显然，迪伦没有如琼在一九六三年夏季巡演中全力推出他一样，用同样的慷慨回报她。此时的

---

① "四字词"原文为 four-letter-word，指不雅之语，亵渎意味的脏话，易联想到 fuck，hell 等词。这个词组，是 20 世纪上半叶才收录进牛津词典的新语汇。反讽之处在于，英文中绝大多数赌咒发誓的词语都是四字母。鲍勃·迪伦这首歌曲的标题是双关语，一方面 love 的确由四个字母组成，另一方面，用粗鄙之语来形容，也是对爱之神圣性的解构。

迪伦已名声大噪，与当初不可同日而语。他不再允许任何CP来瓜分他独有的荣光。虽说如此，敏感自负的迪伦在回忆录中写到琼，还是用遍了世间最美好的词汇。

多年以后，迪伦因"me too"运动被送上热搜。和流量明星不同，热搜很快沉下去，多数人用沉默表达了息事宁人的愿望。连我这样自称女权主义者的，也无法对他真正愤怒起来。女人，果然有道德没原则。天才，在某种程度上确实是被赦免的。大师和人品之间，从来也没建立过正相关。我只知道，人类世界已经够败坏了，如果再没这些艺术老流氓创造性的搅局，世界只会更难以想象的糟烂。

才子们都已老朽。眼看着六十年代的"愤青"，七十年代的"滚青"，八十年代的"文青"，统统顺势长成了文艺中老年，开启了他们创意百出的破罐破摔。是的，破罐破摔的技巧有很多种，不只抽烟酗酒作死，还可以耽于褊狭政见，疲于精致生活，假装参透红尘，真心懒动；假装为全人类失眠，不想起床。午后醒来，只觉得一天大势已去。

快去听听鲍勃·迪伦的渣言渣语，让他那飞快的吉他弹拨把我们搅醒。

四、事物已经改变

只有成功的人才被允许任性，而只有任性的人才真正迷人。鲍勃·迪伦让那些一天在桌前苦坐二十个钟头的写作苦役犯们气愤至极，连同那些我们这个时代伟大的失败者们，也不得不认真审视这个任性的存在，集体缅怀了一把疯狂的六十年代……

一九六五年底，一个周日，旧金山北海滩"城市之光"书店门外，迅速聚积起疯狂的人群。"垮掉的一代"核心人物陆续现身。那是事先张扬的垮掉派诗人的最后一场聚会。记者、摄影师频频举杯,闪光灯不时咔嚓,救护车、火警警笛啸鸣,诗人冒失鬼们的恶作剧伴随着嬉皮士们的酒气声浪;来自越南战场的死亡低气压,驱赶着反叛青年们用一种超出自身限度的享乐去嚎叫,去反抗,去燃烧才华。

为了躲避人群,诗坛领袖金斯堡伙同"城市之光"创始人劳伦斯·佛林格迪,还有布劳提根等一大票诗人迅速钻入书店地下室,随后穿过后门,从小巷抄道,转场"维苏威火山酒吧"浪诗。他们不拘一格,怀着熔掉一切的巨大热情。一行人中随便拉出一个都是文化偶像,然而,整场聚会的中心是鲍勃·迪伦。不久前,派对上的伟大诗人和一群地狱天使党成员出席了他在伯克利大剧院的演出。跟刚甩掉的狂热粉丝无二,这群诗歌狂徒,同样为迪伦疯狂。迪伦顺势表态,要来参加周日意义非凡的聚会,并计划将诗人合影贴在新专辑封面上。

此刻,他的身份是"摇滚诗人",而不是什么巨星。他同时小心敏感地,不抢走诗人们的风头。

透过夜晚酒杯相碰的声音,更为敏感的诗人们捕捉到时代风力的变化——一种压迫感无形地笼罩头顶:纯文本的力量江河日下,文学的神龛正腾出宝座,让位给更通俗的艺术形式。毕竟,如今也只有明星演唱会才能让观众挤断肋骨。

劳伦斯后来透露:"金斯堡从一开始就意识到,如果在摇滚乐队或其他类型音乐团体后面登台演出,没有了音乐伴奏想要赢得观众的欢呼那几乎可以说是机会渺茫的。"[①] 热媒体洪流没过了诗歌幽微的韵脚,流行文化吞没着精英文化。诺奖评给迪伦让很多人摇头世风日下,然而没有他,人类智慧将蚕食于更肤浅的文化水军。人不能同时踏入两条

---

① 霍华德·桑恩斯:《沿着公路直行:鲍勃·迪伦传》,余淼译,南京大学出版社,2012年,第195页。

河流，天空也不能同时被两次照亮。那些周围的星辰必在太阳耀眼的光芒中黯淡下去。既已升起了迪伦这一颗时代巨星，同行者自然湮没在强光之中，可谁能说他们不是组成这耀眼光源的一部分呢？众多的光点最终汇聚于同一个时代象征。赞美迪伦，也是赞美他同时代的艺术家，连同他的垫脚石，连同他曾经恭维模仿过的对象，连同那些缪斯附体被他渣过的姑娘们。

谁也不愿承认，文学行业今时今日已沦为行乞的弃妇。即便是迪伦，也懊恼属于音乐录影带的时代过得太快，自感是"从一个逝去时代过来的词语匠人……处在被文化遗忘的无底深渊之中"①。不论你如何争辩，站队，抑或视若不见，事物已经改变。

人群疯狂，时代怪诞

---

① 鲍勃·迪伦：《编年史》，河南大学出版社，2015年，第149页。

> 我紧锁自己,我置身局外
> 我也曾关切,但事物已经改变
> ——《事物已经改变》

时代变化如此之快,像必须脱去不断湿掉的汗衫。可我依旧穿着"铁内衣"。不正经的迪伦,倒也认真说过一句:"我必须对得起所做的事情。"[①]二〇二二年,我仍在写诗,仍旧迷恋迪伦,热爱垮掉派……尽管这些年下来,我们深恶痛绝的一切都没垮掉,垮掉的只有诗歌。

曾经作为第一生命意志存在的诗歌,成了潦倒文人的一道下酒菜。过了全凭"有诗为证"的年代,连"以图为证"也不再可信。一切的经验,都在加速失真。现在,全体起立,开始摸瞎子游戏。自从日本摄影家中平卓玛得了一种奇怪的视觉障碍

[①] 鲍勃·迪伦:《编年史》,河南大学出版社,2015年,第149页。

症，他就开启了扭曲物理距离的创作。如今，障碍症在网络上传染；距离的失真，变成了一种普遍的病毒：那些三维的，真实的，可触摸，可嗅闻，可以去拥抱的……正愈来愈少。人们在虚拟世界获得虚假亲密，它渐渐吞噬我们的肉身。金斯堡、凯鲁亚克，这些垮掉派达人离自己的肉身很近，他们五官敞开，文字是流淌的。可我感觉自己堵塞了，不光是我，疫情之后，周围所有人都在自我堵车的路上。焦虑的情绪取代了烟花，在节日的天空中轮番炸开。

捂住耳朵，依然听见金斯堡回荡的嚎叫——"我看见这一代最杰出的头脑毁于疯狂"[①]；我只看见这一代最杰出的头脑毁于无声。当六十年代叛逆青年们堕入毒剂，将滥用药物作为激进政治和"休闲活力源泉"，以此"拒绝和超越精神死

---

① 出自艾伦·金斯堡的代表作《嚎叫》，1956年发表于诗集《嚎叫及其他》。

亡"；这一代技术至上的妈宝们正迷元宇宙，大规模移民进入"科学乌托邦"——我纳闷，这跟舌根上贴一片LSD①又有何区别？

唯有靠着诗歌，熬过铁幕岁月。

月光像一把锋利的镰刀挂在角楼上，普照之处又有多少韭菜等待收割。零点时分，小胡同里，我与一群诗人朋友追踪厄运先生和幸运小姐的脚步，在酒精中迷失东南西北。八十年代一千人挤破头，一千人站断脚的诗歌大会堂已不复存在。几个诗人画家在蒙古包小饭馆里自娱自嗨吃了一顿就算是复刊了。那个新年，我和一堆幸存者还有外星人一起跨年。像迪伦说的那样，"世上只剩两种人：一者幸存，一者迷失"②。

---

① LSD，学名麦角酸二乙胺，是一种新型半人工致幻剂。只需要用舌头舔一舔或贴在舌头上，就可以持续造成4至12小时的感官扭曲和自我意识的错乱。
② 艾米：《鲍勃·迪伦传：时代变了》，中国工人出版社，2017年，第31页。

更多时候,两者同时发生。作为一个资深致幻剂实践者,迪伦表示自己从来没有也永远不会去写一首"嗨歌"。然而此刻,我听着《鲍勃·迪伦的第 115 个梦》再一次感受到迷狂——这一瞬,与十一年前三里屯的迷幻重叠在了一起。过去、现在、未来同时改变,像一场行进中的梦,一个变身,一声祈祷。

"昔日我曾如此苍老,如今才是风华正茂。"[①]

[①] 这两句歌词最早收录于鲍勃·迪伦 1964 年发行的专辑《鲍勃·迪伦的另一面》。

永不疲倦的命运探戈：
普希金与黑桃皇后

　　仿若墓门前最后一声嘹亮的莺啼，俄罗斯诗歌江湖里年轻的盖世英雄普希金，轻飘飘了结了一个时代。

　　那几乎是古典主义和浪漫主义的最后悲鸣——普希金诗中如许的黄金撒入民族的铿锵骨髓，被少女们彻夜抄写、临摹，于柔肠中激荡，遂孕育成骨中之骨，血中之血。

　　在他之后，诗人们依然领受着崇高的诱惑，然而罕有诗人像他那样,个性之中综合容纳几乎全人类的品性;亦难如他那般,无差别潜入高低贵贱的万千心灵。曾被普希金提携的果戈理评价他是一个"高度发展的俄国人……在他身上,俄国大自然、俄国灵魂、俄国语言、俄国性格反映得如此明晰,如此纯美,就像景物反映在凸镜的镜面上一样。"

1815年,年仅十六岁的普希金就以调皮的幽默和天然的成熟过早写下了自己的墓志铭:"这里埋葬着普希金:他一生快乐/陪伴着年轻的缪斯、懒散和爱神……"预言一语成谶。早早预备的命运,如同那些冥冥之中早已写就的诗行,只待诗人之手摘取。他的诗,连同他38年的短暂生命,专为美服务。

别林斯基感叹普希金是"第一个偷到维纳斯腰带的俄国诗人",他大概也是最后一个亡命之徒般,挥霍英雄时代荣光的全才诗人。古典主义、浪漫主义、现实主义……各种风格在他手中枯荣轮回;诗歌、戏剧、小说各色文体在他笔下不论亲疏。仅1830年波尔金诺村疫情期间，诗人就创作出了27首抒情诗，六部长篇小说，四部诗体悲剧，三章诗体长篇，足够给今日疫情之下的同行们带来巨大的焦虑。同时代的评论家们争论不休——究竟是眼泪，还是微笑，更切近普希金的诗歌缪斯？这些诗篇常常"一开始带着高兴和玩笑的调了，最后以忧郁的情绪收场。这忧郁的情调，仿佛是一篇乐章的最后的旋律，只有它留在你的心灵上，并且把以前的种种印象都盖过了……"青春的诗行中，年轻缪斯骤然而来的忧郁，笼罩了所有为之战栗的心灵。

而在普希金晚期风格中，文明的衰老从文学中的女人开始。

一、索命与回春

《黑桃皇后》中的命运女主角安娜·菲达多芙

娜伯爵夫人，青春的精灵从她的身体里逃逸了，一曲辉煌华丽的探戈徐徐展开，旧世界如一艘锈迹斑驳的巨舰，只在古典小说和博物馆中才有机会被擦亮。这位年轻时叫黎塞留苦苦追求，差一点为她开枪自杀的"莫斯科的维纳斯"，自第一幕起就哆哆嗦嗦坐在舞台的中央。她那曾倍受追逐和赞美的光荣岁月，只留下一具摇摇欲坠的朽骨；她华贵而孤败的心灵，在皮亚佐拉探戈舞曲中孤独绽放。

一幕宏阔又死绝的大排场，透着腐败不堪的艳光。

在人生的猎场中，军官和贵妇们踩着轻佻又危险的舞步——有人正暗暗算计，有人奉献虚伪的情歌，有人准备放手一搏。伯爵夫人曾是一口气猜中三张牌的名动一时的上流名媛，人们眼睁睁看着她身上的谜团即将随她的生命入土。

如何将这些谜团和魔力从她那具将死之身中释放出来解救出来，成为了《黑桃皇后》这部戏剧中最有力的心理动力。格戈曼的贪婪野心，何尝不代表了观众们恶毒、充沛的欲望呢？

人人心中有天使，人人心中有魔鬼。人可以变性，这说明了每个人体内都存在雌雄双方的力量，只看哪方势力压倒哪方，手术一做便彻底掉个儿。人心中的天使与魔鬼也是一样。当格戈曼第一次听到军官们聊起伯爵夫人用三张牌还债致富的传奇时，天使与魔鬼的力量对峙在他身体里彻底掉了个儿。他一心觊觎伯爵夫人的秘密，不惜"以妻子、情人和母亲的情感，以生命中神圣的一切"来请求她告知自己扑克牌的秘技，请求她让自己做她生命中最后的情人。为了达到目的，格戈曼盛怒之下向老巫婆掏出了左轮手枪以示威胁，没想到伯爵夫人在惊吓中命丧黄泉。"热恋着你的第三个男人，将要前来向你索取三张纸牌的秘密，你必会在这个男人手中受到死亡的打击"，这是伯爵夫人的命运谶言。格戈曼就是这个咒语中提到的那索命的爱人，他漆黑的心灵上若有一丝裂缝渗出光明,怕便是伯爵夫人的养女丽萨——一个等待他去搭救的绝望少女,他对她也怀有一份并不坚固的痴心。假使我们回过头来,理性地审视格戈曼的这番荒唐作为,会吃惊地发现他对于金钱的狂热追逐是多么无效。他原本可以安安心心迎娶丽萨,获得她丰厚的嫁妆以及伯爵夫人迟早会传下的遗产,然而他却选择了铤而走险。命运就是如此顽皮,他不惜付出了爱情的代价,最终连本钱都亏得精光。在他深层的驱动力中,金钱的诱惑只是一个表象,时代节拍敦促下的内在疯狂才是本质,他无法遏制的心魔驱使着他致命的舞步,那是"纯粹的恶"的勾引——正如戈蒂耶所指出的,这种罪恶的吸引会诱导一个人去干对自己有致命危险的坏事,而"这一切都超出感官的享受、利益的考虑,或美的魅力等正常的吸引力范围"。

格戈曼的欲望对象伯爵夫人,在剧中贡献了惊艳的表演。全剧改编最精妙的一笔,是伯爵夫人大限前夕的青春的回光返照。侍女们纷纷退下,她萎缩的身子从轮椅上缓缓站起,像一只丑陋变形的蚕蛹重新变回曼妙的蝶类,她变得高大,变得挺拔,她急速脱去老年肮脏的卫衣,褪去酸臭的病躯,骄傲和娇美一瞬间重新驾临她的生命。圣热尔曼伯爵这时推门而入——就是这个"自称终生漂泊的犹太人,长生不老药和点金石的发明者",这个伯爵夫人至死迷恋的彬彬有礼的男人,这个授予她三张扑克牌秘技的人物——他再一次回到了自己的鼎盛时期,好像从未走过一分一秒的下坡路。阿斯托尔·潘塔莱昂·皮亚佐拉创作的探戈舞曲再度响起,如此激扬玄秘,如此形而上学。探戈从通俗的陈词滥调中被解放出来,两个垂垂老矣的暮年男女,亦从身心的衰老中被解放出来。他们尽情地跳舞,好像从未老去,永不收场。

关于衰老的哲理,以及对老年女人艳光四射的悲悯之情,唯有波德莱尔的华章可与之相媲美。波德莱尔曾在一首诗中描绘了自己像跟踪妙龄少女一般尾随一位老妪。在他的诗行中,风烛残年之躯被敷衍上青春的肉体,早已锈烂的麻木的枯枝败叶般的心灵重透出希望和光明。黑桃皇后中的伯爵夫人,有幸成为了那个被命运俊郎一路跟踪的老妪。然而,她真正的不幸也正在到来。一瞬间,灯灭了,圣热尔曼伯爵消失了,她再度成为青春的弃子。探戈止了,像好运气一口气用尽。

二、葬礼与婚礼

婚礼之所以成为古典戏剧中常常出现的桥段,是因它乃普通人人生中为数不多的充满仪式感的戏剧化时刻。

婚礼上人物的衣着打扮是戏剧化的,表达和情感是戏剧化的,起因和变数更充满了戏剧性。无论男女主角,还是众多看客,都被命运感裹挟,被仪式感塑造。与之相对的葬礼，则是人生最后一场带观众的演出，一回意犹未尽的、渴望被不断推迟的谢幕。无论葬礼抑或婚礼，都拥有一副天然的戏剧骨架。将二者并驾齐驱同时上演，无疑是一场精神和道德的冒险。戏剧《黑桃皇后》中真正的高潮，恰是在同时进行的伯爵夫人的葬礼，和格戈曼与养女的婚礼中，被无限拉高至惊险的悬崖。极喜与极悲不断转换，对于命运的归顺与反抗轮番上演，伯爵夫人的显灵是宽恕与仇恨的合体，难以道明其究竟是一种仁慈抑或诡计……悲喜剧同时上演，喧嚣至极中彰显出爱的恐怖。只有丽萨，她看似获得了心仪已久的爱情，实则不知不觉成为这一出大戏的祭品。丽萨是这家的养女，"你无法想象，（养女）这个称谓饱含着多少细致琐碎的苦楚。我必须承受很多，忍让很多，许多地方应该忽略，可我的自尊偏偏又能让我看出那些最细致入微的轻慢。"灰蓝色的窗格子覆上了一层雾气，像一块擦伤。舞台上都是彼得堡清冷的空气和俄罗斯人的细腻苦楚的内心。

高于生活,笼罩生活的悲剧,以一出喜剧的面孔引诱着小羊。此刻的鲜花即未来的子弹。充满敬畏的神圣仪式幕后,是对于道德情感无底线的僭越。而所有人都在装模作样地配合演出,成就一番悲剧传奇。

三、 命运赌场与黑桃Q

伟大的心灵总是相互激发。一出好戏,足以挑逗出一颗丰沛心灵的全部激情、热望、消沉、困顿、痛苦、野心……普希金原著发表于1834年,六十四年之后被柴可夫斯基改编成歌剧搬上舞台,尽管当年并未收获到预期的效果,柴可夫斯基从中摄取了绝情、疯狂、死亡的音色,日后创作出他的代表作"悲怆交响曲"。喀山卡查洛夫俄罗斯模范大剧院的戏剧改编，线索简洁舞台清冷服饰华贵，然而素净之中孕育着疯狂。翻译家苏玲女士精准、不乏朝气的语言，让这出古典戏在这个时代转世投胎。古典背景下的《黑桃皇后》，讲述了一个十分现代的故事：人不断喂养欲望，结果被欲望反噬。法国哲学家勒内·吉拉尔提出过一个理论：欲望即模仿。西方众多以欲望毁灭自己著称的主人公们，不论是拉斯蒂涅还是于连，都一心要攀爬模仿上流社会的生活。更深一层的，是拉康写过一篇《康德同萨德——纯粹欲望批判》，在他冷静如精密解剖仪器的笔下，浪漫亦是一种值得批判的假象。在黑桃皇后这一把好牌里，黑桃Q是"拱猪"里的"猪"，负一百分；与此同时Q牌也是女王，是智慧女神雅典娜——扑克牌中唯一持有武器的女性。普希金选黑桃皇后作为书胆和题目，自有他的双重暗示。

悲剧的谜底，最终在赌场揭晓。古典作品中不乏描写赌博场景的作品，比如茨威格《一个女人一生中的二十四小时》对赌徒的手的动作描摹得透彻入骨。但这些以精细描摹取胜的作品,都没有《黑桃皇后》所具有强烈的传奇性。传奇性,并不是魔幻,而是在一遍遍转述中变得愈来愈真实的历史。格戈曼先是听信了老夫人安娜·菲达多芙娜靠赌博反转人生的传奇,接着试图让传奇在自己身上重演。他从赢到输,从落魄到爆发再到一无所有的循环,可谓一场轮回。老夫人的生命已经完成轮回,她洞悉格尔曼这个俄国化的德国人必要步她的后尘,甚至深知自己的死也无法引起格尔曼半分忏悔。她的宽恕终将被辜负,她的复仇以恩惠面目发动,这个手握武器的雅典娜,要眼睁睁地看着格尔曼将欲望轮回再走一遍。

如同命运反复挑逗一副枯骨,野心终归于伟大的疲倦。探戈的舞步却永不疲倦,在数不尽的命运赌场与舞台上,再一次上演疯狂的青春。

黑弥撒与撒旦先生：
引诱者乔伊斯

一本一直没办法读完的厚书，像一场持续而漫长的勾引。想起来，总还是个浪漫的念想。既然得不到，就不如好好供起来。《尤利西斯》大概就是这样不讲道理先把人砸晕，再由许许多多渴望它的人将它毕恭毕敬供上神坛。

极少有人富有耐心和勇气勘探废墟的全境。几年前，单向街曾举办过一场"乔伊斯禁忌之夜"，一同赴会的还有诗人西川、小说家阿乙、学者王敦。正式开场前,我心虚地问几位嘉宾,是否啃完了大部头?听他们真真假假,一个个都号称没读完,我当下顿感松脱,愧意全无。尽管作家的话嘛,不能全当真的。毕竟,绝顶伟大的《尤利西斯》,也有它绝顶无聊的一面。动用上百万字,就为了描绘都柏林一天发生的事。这文学史上毁天灭地的二十四小时,没有一分钟能轻易从乔伊斯纸上逃逸,每一秒都被赋予史诗般的意义。伍尔夫讲得没错,乔伊斯是一个"揭示内心深处火焰闪动的作家,火焰携带着大量信息,在头脑中稍纵即逝"。如此这般不放过任何一缕光的写法儿太过可怕。据说,他写了三年,刚刚写到了那一天早上的八点钟。而故事一直要到午夜才完结。谁都忍不住替作者感到崩溃:这恐怕是一个作家能给自己创造的最恐怖的绝境。

这样一个狠人,哪里还能指望他好好伺候读者呢？说到底，乔伊斯压根也没打算让人读透，想到人人皆能懂他，谁都有权爱他，这位傲慢的怪才一定寝食难安——那意味着他呕心沥血胡言乱语的失败！他在世界拒绝他之前，先发制人抢先拒绝了世界。这世上只有极少数孤勇之人，敢于了解乔伊斯文学风景的全貌。然而正是广泛的不了解，构成了我们对乔伊斯理解的基础。既然达成共识过于困难，那么所有人都不理解，反倒是另一种共识。

这场文学黑弥撒中诞生的未经洗礼的杂种文本，充斥着渎神、不祥和无政府主义的思想，对古典文学信条的唾弃嘲弄俯拾皆是。背着传统和神坛逆行，《尤利西斯》从伤害中获得崇高性和优美感，如同庞德所感慨的那样，文明时代结束了。文学圣殿从此沦为一个赤贫的废址。

一、撒旦先生

二十世纪是一个充斥着毁坏的时代。

文学艺术中的神像被接连捣毁，正统岌岌可危。质疑、骚动，伴随着文明的械斗，几乎漫灌进人类活动的所有领域。经由世界大战洗掠过的心灵烙上血手印。各色前卫的文艺潮流，呼应着现代工业的震天轰鸣，催生出亿万有关破碎、腐烂和死亡的美学沉思。

争论起源于诱惑。从危机中诱发的现代主义文学，同频共振出一代人心灵的紊乱。撒旦印记，如恶之花般开遍字里行间。乔伊斯，苏黎世女人们在背后窃窃称他为"撒旦先生"。这个作家中的危险分子，急躁地敲击着桦木手杖，他必须赶在视力恶化到无可挽救之前，用酝酿已久的史诗写就恶作剧式的二十四小时，对传统小说发起致命的无政府主义恐怖袭击。数十年间,他忍受眼疾剧痛,不时的电击眼睑,或用水蛭吸走眼球充血,在几近赤贫中写作至形销骨立——"走起路来像一只苍鹭"①。

又是天才又是怪人,这位文学史上的著名怪客,一出道就傲慢地羞辱了正统文学。1902年,乔伊斯经由诗人拉塞尔引荐,在一间餐馆的吸烟室跟叶芝狭路相逢,彼时叶芝已是爱尔兰文学掌门人,乔伊斯还是个名不见经传的小文青。照面后,叶芝请他朗诵一首诗,乔伊斯傲气道:"我可以给你读,但并不是因为你叫我读我才读的,你的意见跟路上的任何一个行人给我的意见没有区别。"②他随后朗诵了自己的作品。叶芝听完当下惊叹眼前的年轻人骨骼清奇,才分如云,忍不住传授分享自己的创作计划。他告诉乔伊斯自己正在从诗歌创作

---

① 凯文·伯明翰:《最危险的书:为乔伊斯的〈尤利西斯〉而战》,辛彩娜、冯洋译,社会科学文献出版社,2018年,第443页。
② 转引自拉塞尔私人谈话,Ell,第103页。

转向爱尔兰民间传说的写作实验。"这说明你退步的很快。"乔伊斯毫不客气,说完转身就走。刚抬脚,又好像想起什么,折返回来道,"我今年二十岁,你呢?"叶芝回答三十六岁。大概上了点岁数的人都有点年龄自卑,叶芝不自觉地少报了一岁,他当年其实已经三十七。谁曾想,眼前的毛头小子叹道:"我们俩认识的太晚了,你太老了,我已经没有办法影响你了。"[1] 难以想象,叶芝面对此等出言不逊还能保持风度不被激怒。

然而,"一个人不会仅仅为了激怒他人而历尽艰辛地写作"[2],这个令菲茨杰拉德情愿为他跳窗的男人,背负起倒置的十字架,以纵欲般的修辞,"将大块的秽物扔进不连贯的胡言乱语中"。不洁的语言,搅以坏故事和春药作为辅料,乔伊斯泼脏了

---

[1] 转引自拉塞尔私人谈话,Ell,第103页。
[2] 凯文·伯明翰:《最危险的书:为乔伊斯的〈尤利西斯〉而战》,辛彩娜、冯洋译,社会科学文献出版社,2018年,第13页。

文学的圣餐。

自他以后,现代文学集体跳崖,向死而生。

二、 文学世界里的逃犯与警察

思想永远是最大的违禁品。当一部伟大手稿给人的第一印象是"违法"时,它大概率会牵连一票人的命运,在杂志、出版商、资助机构、海关、法庭等多领域创造出自己的英雄和殉道者,以集体应对时代对它的不支持。

"文学史不是一幅风景画,而是一个战场"(马修·珀尔语)。传记《最危险的书——为乔伊斯的〈尤利西斯〉而战》描绘了文学兵荒马乱的战场上,一群人如何受《尤利西斯》牵连,与欧美审查制度相缠斗,最终赢得言论自由,一步步将这本书从违禁品变成世界经典,从文化叛逆演化为现代德行的壮阔往事。 1920 年,乔伊斯从里雅斯特城搬往巴黎，赢来了文学生涯中的重要转折。那时如果一个青年在法国宣称自己是艺术家，是一件天经地义的事，就跟在八十年代的中国说自己是个诗人一样不必感到难为情。法郎贬值，巴黎左岸廉价又多元，颓靡又热烈，成了艺术家们销魂的应许之地。各种小型的艺术反叛活动每天都在小作坊里上演。《尤利西斯》这部天书，潜移默化地激发了从文学、到知识、性别、法律乃至政治领域的认识革命。这场革命绝非由乔伊斯一个人发动，而是围绕在他身边同时代文人，律师，编辑、法官、出版人等一群艺术公民共同与时代摩擦的结果。一个女性主义者可以毫不失望地从这场革命中发现女性的勇猛贡献。事实上，历史上最激进的革命里，都充满了女性醒目的身影。

　　这本《尤利西斯》"被一位女性激发出灵感，被一位女性资助，被两位女性连载，被一位女性出版发行"①——堪称是被一群女人喂养长大的杰作。尽管1919年《尤利西斯》甫一出手,就迎来了美国邮局查禁焚毁的待遇,被一度定性为淫秽物品,依然挡不住女人们为其奉献的激情——显然,诺拉绝非黑弥撒中的唯一圣女。即便是乔伊斯深感焦虑自我怀疑的时刻,《尤利西斯》的编辑安德森小姐也丝毫没有动摇过她磐石般的信心,她坚信,公众应该为天才服务,而非相反。

乔伊斯之前的小说家们,多数遵循着一套礼仪和教养,文字亦是一块华美的遮羞布。凯文·伯明翰尖锐地指出"经验主义的敌人不是反逻辑,而是隐秘……《尤利西斯》之所以危险,是因为它揭示出一本书是如何废除隐秘的权力的。《尤利西斯》告诉我们,隐秘只是行将就木的政治制度的工具,

---

① 凯文·伯明翰:《最危险的书:为乔伊斯的〈尤利西斯〉而战》,辛彩娜、冯洋译,社会科学文献出版社,2018年,第14页。

而秘密本身，正如乔伊斯所说，是'自愿被废黜的暴君'"①。

三、黑弥撒

曾一手销毁过成吨淫秽物，像"捕捉老鼠般"逮捕过数千名色情作品从业者的"纽约正风协会"（NYSSV）领导人康斯托克相信："最具破坏力的原始冲动是情欲"——那是一个人身体里的撒旦力量。《尤利西斯》，几乎是一场在少妇诺拉臀部进行的黑弥撒。

"（诺拉）她既是高尚的，又是下流的，既是天使，又是婊子……她的信件激发了他最美丽、最淫秽的创作。"魔鬼崇拜混合着春药，被释放进残

---

① 凯文·伯明翰：《最危险的书：为乔伊斯的〈尤利西斯〉而战》，辛彩娜、冯洋译，社会科学文献出版社，2018年，第4页。

缺的现代身体——勾引出了古板主编们最狂躁的激愤。伦敦《周日快报》主编詹姆斯·道格拉斯鞭挞道,"这种肮脏的疯癫夹杂着令人震惊的、反胃的渎神精神,它反基督教,反耶稣",并将其归入"撒旦教中最下流的欲望"①。

在几近失传的阴暗画作中,后世隐约窥见黑弥撒的图景:破败的小教堂里祭台上的少女,颠倒的十字架,和不祥的黑暗生物。截至十八世纪,欧洲对撒旦崇拜的清洗运动,已将黑魔法和黑弥撒统统驱入爬虫密布的地下。当它们脱下禁忌的黑袍,再次浮上纸面时,经过了工业革命洗礼的人类,已视那些咋舌故事和不解之谜为无聊的恶趣味和纯粹的杜撰。

早在十六岁就"怀着深仇大恨离开了天主教"的

---

① 凯文·伯明翰:《最危险的书:为乔伊斯的〈尤利西斯〉而战》,辛彩娜、冯洋译,社会科学文献出版社,2018年,第261页。

乔伊斯①，在《尤利西斯》开篇就呈现出一场戏谑的宗教仪式，出现了"真正的基督女：肉体和灵魂，血和伤痕"，乃至在匈奴入侵期间率领一万一千名童真少女殉教的早期圣女乌尔苏拉——从一开始他便有意布局一场黑弥撒。透过各式机关密道、方言俚语、生造字、外来语、双关和文字游戏，零落在笔记本、活页纸上的七百三十二页的《尤利西斯》组建出一座壮观的祭坛——祭坛之上，古老的堕落与复活的戏法轮番上演。世人只见乔伊斯凌乱的刀工，将"现代身体"分尸成无数碎片，神性的整全之美被凌厉分割，碎片拼贴出一座废墟博物馆，成就了一种禁忌之美——它最终替代了美。

"《尤利西斯》之后，现代主义文学实验已经不再处于边缘而成为核心。骚动已不再是混乱的种子，而是美学的组成部分。"这部"终结一切小说

---

① 詹姆斯·乔伊斯：《尤利西斯》（上），刘象愚译，上海译文出版社，2021年，第8页。

的小说"①，不仅开创，而且重创了现代主义小说传统。道格拉斯一度声称"我们的批评家为他的无政府主义而道歉"，他们把读者抛给"文学的豺狼虎豹"……尤利西斯的到来，"是一场撒旦无政府主义和上帝的文明影响之间的冲突"。②

四、重生方程式

如果说《尤利西斯》是撒旦文明对上帝文明发起一次突袭，他的目的远远不是堕落，而是重生。

作为一本"人体之书"，此前整个人体中最尴尬的部件（性区）被略去了，乔伊斯带来了齐泽克

---

① 詹姆斯·乔伊斯：《尤利西斯》（上），刘象愚译，上海译文出版社，2021年，第1页。
② 凯文·伯明翰：《最危险的书：为乔伊斯的〈尤利西斯〉而战》，辛彩娜、冯洋译，社会科学文献出版社，2018年，第261页。

口中的"勇敢新世界"。此后的世界一头栽入黑弥撒的狂宴,人体最终微缩成一根电动棒。二十世纪初,自由主义甚至更激进的自我主义者(the egoist)洗卷古典,如今重新审视对乔伊斯"堕落"的误读,大概也是一个纯粹的个人主义者重要的议题。当旧世界被摧毁的同时,社会普遍失却了古典节制、崇高理想和富有耐心的真正的亲密欢愉——而这些原本正是乔伊斯所忧惧的。人们几乎遗忘了,乔伊斯写作《都柏林人》的目的,"就是要为他的祖国写一篇'道德史',因为他看到都柏林已经成了一个'瘫痪的中心'"。[①]《尤利西斯》野心更甚,它并不打算以道德的方式回归道德的目标,而欲在混乱和堕落之中撕毁僵死的社会秩序和宗教教义,开启一番崭新的现代自由。撒旦只是他请来的助产士,借助地狱的力量,诞生新的时间和

---

① 詹姆斯·乔伊斯:《尤利西斯》(上),刘象愚译,上海译文出版社,2021年,第10页。

世界。

  这一场地狱反叛，不仅赢得了美学上的胜利，更带来思维和方法论的新生。撒旦信使安东·拉维认为，后期的撒旦主义者不再实施可怕的伤害，他们日渐变异为一种享乐主义和极限游戏。如同今天的撒旦主义者们主要沉迷于七宗罪中的纵欲一样，尤利西斯的后继者耽溺于技法的钻研和隐秘的开发，单单是暗嵌其中的与《荷马史诗》的平行结构就够他们摸索一个世纪，如乔伊斯所愿，"我在书中设置了大量谜团，要弄清他们的真意，足够教授们争辩几百年。"① 由此衍生出的一系列文学研究"产业"，涉及心理分析、几何形态学、女权运动、后殖民主义、新历史主义等多种理论，引发一场全领域的思维方式革新。

  "上帝存在于原子当中"这种颠覆性思维，渗

---

① 詹姆斯·乔伊斯：《尤利西斯》（上），刘象愚译，上海译文出版社，2021年，第12页。

透进各个学科,《尤利西斯》甚至跟量子物理、流行的微观史学有微妙的量子纠缠。科学领域内的诸多进展,都受惠于这本书肇始的革命。我在英国念书时曾有一位闺蜜,花费四年青春去研究胚胎里一根纤毛的运动。这位生物学博士所运用的方法论和乔伊斯一脉相承,甚至可以说,假使没有乔伊斯在一百多年前取得的美学胜利,就不会出现这位生物博士的研究。乔伊斯意欲通过捕捉内心火焰的闪动,去揭示二十世纪的社会历史;生物博士则通过仿真胚胎里一根纤毛的运动,试图了解把握生命现象的轨迹。二者逻辑一致。还记得那些大老远从比斯特购物归来的傍晚,夜幕重重中,我偶寄宿她家,凌晨时分她爬起来打开电脑跑一遍数据,第二天晌午过后,就可以检查数据结果了。这个过程叫计算机仿真——把我们看不见的世界模拟出来。而看不见的世界大致可以分为两类:一类是现象上看不见,比如那些只有在显微镜里才能显形的事物

（乔伊斯便是用文学显微镜，放大了内心不可言说的火焰）；另一类看不见的，是未来才会发生的事，是尚未到来的世界。科学家事先模拟，文学家事先预言。不论是描述都柏林的二十四小时，还是模仿纤毛在胚胎里的摆动，最终都在拟一个方程式——方程式等号两边连结着不同的世界。一边是微观的二十四小时，一边是宏大的人体史诗。不同的物理量代表不同的客观，不同的世界，不同的真理。通过方程式等号一边的有限世界，去尝试触碰另一边看不见的无垠世界。

这大约也是一本书无尽的试探，和它幸存的目的——"启程进入一个更伟大的世界……去肯定我们微小的存在。"[1]

---

[1] 凯文·伯明翰：《最危险的书：为乔伊斯的〈尤利西斯〉而战》，辛彩娜、冯洋译，社会科学文献出版社，2018年，第400页。

去爱昙花一现的事物[1]：
波伏瓦的中年危机

"我识别出那些正在前进的社会力量，我发现我是置身于他们中间的。"[2]

——萨特

---

[1] 法国诗人阿尔弗雷德·德·维尼的诗句。
[2] 让·保罗·萨特：《存在主义是一种人道主义》，周煦良、汤永宽译，上海译文出版社，2012年，第53页。

中年，像一头狮子般到来。

四十岁对波伏瓦而言，刚刚好意味着成熟的开端。她说自己后来理解了为什么科莱特笔下的某个女主角会惆怅地说："我已经不再是四十岁了，不会再对着凋谢的玫瑰伤感。"① 她只花了两年时间就写成了举世闻名的《第二性》，并在四十一岁时出版。那时，她对于未来的愿景，炽烈且充满胜算。荣誉和变革几乎没有悬念。按照她的完美规划，五十岁可以叫做成年人，那之前都属年轻人。真正让她惶恐的衰老讯号，是她与未来的关系。早年间的抵抗运动，连同浸润着不知疲惫的热血、主义、先锋艺术的左翼革命，正日渐脱轨。她与终身男友萨特，曾全身心被抛掷到正由他们改变的世界，和随之而来的未来，并为之战斗。1968年五月风暴时，她跟同时代人，都还拥有一个庞大而恢

---

① 西蒙娜·德·波伏瓦：《清算以毕》，台学青译，海天出版社，2021年，第29页。

弘的未来，尽管那时她已年过花甲，俨然焕发灼灼生机。直至生命和革命一并"热寂"，朝向无序、失控与毁灭，她预感到"人生的作品已到了完结篇，即便再多写上两三卷，也不会改变整体的样貌了"①。迟到的中年危机和早来的暮年恐惧，几乎同时降临。

革命后的世界，变得令她和萨特难以把握了。思想者仍力图在各种"混乱的回响"②中理出头绪。他们一度寄予厚望的欣欣向荣的全球左翼革命，由于左翼天然的自发性和运动属性，发展到他们无法理解的境地，突破了想象和规划的边界。晚年萨特的多病，又加浓了这笼罩在未来的愁云。

当死亡的暗影渐浓，老病缠身之时，阳台上飘来了萨特轻声哼歌儿的嗓音——"我不愿给我的海狸

---

① 西蒙娜·德·波伏瓦：《清算以毕》，台学青译，海天出版社，2021年，第29页。
② 同①，第373页。

添一点儿负担,哪怕一点点……"①

旷世才华终成浮华戏码。

尽管"人是无用的激情",存在主义思想者仍坚信:在行动、反叛,和亲密之中始终有希望在——唯有"人是人的未来"②。

一次,在他们钟爱的圆顶饭店共餐时,暮午萨特指着一个圆脸少女问波伏瓦:

"您知道她使我想起谁吗?"

"不知道。"

"想起您,她这个年纪的您。"

一、 重返波伏瓦的少女时代

"我是凭借不为他人所知的那部分自己而活

---

① 西蒙娜·德·波伏瓦:《告别的仪式》,孙凯译,上海译文出版社,2019年,第19页。

② 庞杰(Ponge)语,转引自让·保罗·萨特《存在主义是一种人道主义》,周煦良、汤永宽译,上海译文出版社,2012年,第13页。

着。"① 波伏瓦四十六岁时再次动笔写下一桩无法释怀的、早年间真实的"生死往事"。

那昙花一现的少女时代,半明半暗的心绪,天生有一种激烈与拒绝。它们就像女性这个神秘物种本身一样,是不可测的,且有拒绝的本能。半自传性质的《形影不离》里,早熟的少女扎扎,沉沦于错落绵长的自我对话,神经敏感到几乎带有一丝残暴血腥;同龄姐妹希尔维(波伏瓦在小说中的化身)清醒坚定,看透了女性的普遍处境,横亘在未来的宿命。

在城府与诚恳之间——波伏瓦要剥开自己,面对世界,如一条绷紧身子的鱼,让你读到那些好看的鱼刺。等到看客快要逮住真实的故事原型,她又一次灵巧游走。

这本浸透了少女心血的书,大概写得很艰难。

---

① 彼得·汉德克语。

波伏瓦用文学招魂少年时死于"精神谋杀案"①的闺蜜扎扎——她结结实实死于她的觉醒,死于她特立独行的个性。而对"个性"的珍视,向来是波伏瓦思想的核心:"并非个体——某一号样品——的价值,而是独一无二的个性的价值,这种价值使得我们每个人都是纪德所言'最无可取代的存在'。"②正是扎扎独特的品质,将她自己一次次暴露在越轨的险境。然而所谓成熟,就是一个自我裁汰的过程。波伏瓦的养女西尔薇甚至使用了"阴森"一词,来形容"学会适应"的工具化过程——"将自己嵌入预制的模具中,模具里有一个为您准备的空格,和其他空格挨在一起。但凡超出

---

① 扎扎死因成谜,整个事件充满模糊性,但可以肯定与情感因素密切相关。波伏瓦的养女希尔维·勒邦·德·波伏瓦在评论这一事件时使用了"精神谋杀案"一词。
② 希尔维·勒邦·德·波伏瓦"序言",收录进西蒙娜·德·波伏瓦《形影不离》,曹冬雪译,浙江教育出版社,2021年,第8页。

空格的部分就会被抑制、碾压，如同废料一般被丢弃。"① 扎扎学习优异，性情乖戾。是她率先给少女波伏瓦示范了如何逃脱"乖乖女"，她毫不扭捏地冒犯校方，同时掐准了一个淑女唱反调的尺度，叫人抓不着把柄。出于对母亲不幸的爱与服从，她的出格都是以伤害自己为代价。为了自由，为了获得一丁点儿安宁的孤独时间，她甚至挥动利斧砍伤自己的脚踝。

"这样的事情我永远不可能做得出来；光是想一想，我的血都要凝固了"②，波伏瓦为之战栗。她一手培育了这份友谊，对扎扎怀有一份不可知的崇拜，恐惧，与激情。神秘是一种邀请的艺术。她为这个早慧少女惊叹不已，她着迷于她异禀般的敏感神经——"当她看见一只桃子或一朵兰花，甚至

---

① 希尔维·勒邦·德·波伏瓦"序言"，收录进西蒙娜·德·波伏瓦《形影不离》，曹冬雪译，浙江教育出版社，2021年，第6页。
② 同①，第116页。

仅仅听到别人在她面前提到桃子或兰花时,她就会微微颤抖,胳膊上起一层鸡皮疙瘩。"①

这些无意识萌动的蓬勃的生命知觉,正是她日后和萨特在一起时所体会到的东西——只是,那份成熟后的勃勃生机更为广阔。个体敏感性被编织进世界的图景。自从巴黎高师邂逅萨特,她迅速融入他的小圈子,成为他人口中的"女萨特主义者",两人一生相伴经历了许多重要的政治旅行。没有戒指,没有婚约,唯有情人共赴的理念和行动。每一刻生命力量的绽放,如同永生的花朵,伸张着磅礴的生命意志。当波伏瓦投身于热力四射的广阔天地,那个更勇敢、激进的少女扎扎在黑土下冰凉。这个坚称自己会结婚,但绝不会早于二十二岁的少女,最终亡命于二十二岁生日前一个月。

---

① 西蒙娜·德·波伏瓦:《形影不离》,曹冬雪译,浙江教育出版社,2021年,第15页。

据说，生活只能以"倒带"的方式获得理解与最终解释。二三十年间，波伏瓦不断重返这段残酷青春，从《精神至上》《名士风流》到《端方淑女》，她一次次徒劳地在纸上尝试复活早夭的扎扎。波伏瓦曾说，她之所以写书，写那些让她得以成名的书，都是为了能够讲述自己的少女时代，毕竟谁愿意去关注一个无名之辈的成长往事？①

少女时代经历的秘事，最终让她成长为世人所了解的波伏瓦。晚年回忆录里，波伏瓦讲述了父母在1919那一年变成了"新穷人"，她由此走上了与依附于家庭的传统淑女不同的另一条独立之路。

20世纪初天主教家庭的淑女们，人生前途只有结婚，或者进修道院。独身是耻辱。女人们在日复一日的家庭劳作中被判无期徒刑。悲剧在一代代间传递，"妈妈从没有任何事是为了她自己而做的，

---

① 1967年3月28日加拿大电台纪录片《资料》(Dossier) 波伏瓦口述。

她一生都在奉献自己。"① 一潭死水的宿命,如同浸泡在烈酒里褪了色的樱桃尸体,腐败的氤氲令人作呕。波伏瓦对于资产阶级最初生理性的嫌恶,便源于扎扎周遭窒息的环境,那股傲慢又虚伪的压迫性低气压——"扎扎最终是被她的阶层杀死"②。过早受到了爱情魔鬼的引诱,扎扎才华热力一朝耗尽;波伏瓦的少女时代却是心无旁骛,如饥似渴地学习,沉浸在寓言世界。一想到可以通过工作,摆脱依附于人的女人宿命,她就兴奋不已。面对年少时的懵懂爱人,她表现出了超乎寻常的镇定、理性,她很快意识到对方没有能力接住她的绣球,"他在思想上不能满足我"③。她绝不奢望雅克不介意她没有嫁妆这个硬伤,她也没有精致的看装(扎

---

① 希尔维·勒邦·德·波伏瓦"序言",收录进西蒙娜·德·波伏瓦《形影不离》,曹冬雪译,浙江教育出版社,2021年,第8页。
② 同①,第8页。
③ 同①,第14页。

扎曾往波伏瓦衣柜里偷偷挂进去一条像样的裙子)。然而正是贫穷成就了她,让她逃脱了那个时代女人的既定轨道,不得不努力取得哲学教师资格从而养活自己,才有机会在日后结识萨特,发展出共同的影响世界的文化思想。否则,"我会像其他少妇一样体验到被撕裂的痛苦,被爱情和母性所困,却无法忘怀往日的梦想。"①

二、"不,我们并没有赢得这一局"

巴黎从未平静的天空下,正爆发一场节日般的大游行。象征着堕胎自由的香芹插在头发丝里,一股清爽的类荷尔蒙的植物腥味儿在空气中弥荡。圣安东教堂门口台阶上,一个年轻新娘,顶着沉重的白色婚纱,长裙尾快要把她绊倒了。忽然一阵奇异

---

① 西蒙娜·德·波伏瓦:《清算以毕》,台学青译,海天出版社,2021年,第14页。

的风,将她高高托举起来——她看到身下香芹的天空一路漫灌到民族广场。广场上的雕塑底座上,拖布正被焚烧,如熊熊燃烧的火把。女人们受够了拖布般的奴隶人生!掳走新娘的,正是由四千男男女女汇聚成的游行大军。受"五月风暴"启迪,法国女性解放运动也在发明感官上崭新的革命。人们唱歌,跳舞,欢乐气氛堪比一场女权主义嘉年华。"生育自由!""解放新娘!"队伍里不时有人高喊。口号与掌声,如雷鸣浪涌,滚向炽烈的天河。潮汐般的人群涌向教堂,将新娘奉还给了这绿芹人海中唯一的陆地,领头的还和神甫交谈了几句。

扎扎是否会出现在这欢乐友爱的队列之中?她也曾在树林里策马奔驰,万般梦想着当一个叛逆的新娘,她身上还有火的印记。波伏瓦会不会又一次在无数张涌动的面孔中,看到扎扎苍白幽灵的脸?

不久以前,她刚刚在《343宣言》上签名,大胆声明自己曾经堕胎,站在公众和保守势力面前,毫不示弱。精神裸露，也是一种性政治。当波伏瓦喊出"我们的子宫属于我们自己"，她大概无论如何也想不到，五十一年后美国最高法院推翻"罗伊诉韦德案"，限制堕胎卷土重来。封印在废土里的恶灵，再度夺去了女人的子宫——她们从未自主拥有，亦难于逾越的战地。

中年以后，波伏瓦沮丧地发现，半个多世纪来的女权主义斗争充满了失败主义。早年间暂时性的取胜，只是一时之迷惑。硕果很快过时，被遗忘。经久不变的"失败"与"未完成"，才构成了这场最漫长革命的核心。在《第二性》中，她曾意气风发地写道："总的来说，我们赢了这一局。"到了自传体回忆录终局篇，波伏瓦改变了结论。

"我上当受骗了！"[1] 她喉咙里溢出混沌的声响，绝望的藤蔓已缠上了脚踝。她清楚地看到一部

---

[1] 西蒙娜·德·波伏瓦：《清算以毕》，台学青译，海天出版社，2021年，第105页。

分内在的死亡,对于生命失去了饱满热切的感知、期冀,以及原本最自然不过的珍惜;她清楚地看到还没有告别,就疾疾步入人生的后半场,不再对生活抱有永恒的信念;她清楚地看到自己对于进步政权和人性的最糟糕最恶毒的预判,统统得到了验证,只可汲取闪光片段;面对曾经并肩作战的友人在时间长河里出人意料的变化,竟也毫无伤感……那么,这一切,只能在文字中予以抢救和夺回了!她的书,曾让保守的女人们不安,嗤之以鼻——"她非得等到六十岁才明白随便一个小女人都能明白的事";如今她的"缺乏斗志",又让更激进的女权主义者们不满。然而,她心中始终有一个清明的声音:"描写失败、错误、消极的信念,并没有背叛任何人。"[1]

说到背叛,首先不能背叛的是自己最初的计

---

[1] 西蒙娜·德·波伏瓦:《清算以毕》,台学青译,海天出版社,2021年,第114页。

划：写作，并让同代人听到自己的声音！"我与他们（同代人）的关系——合作，斗争，对话——在我看来是一生中最重要的事情。"① 扎扎已然成了自由的"祭品"②；活下来的波伏瓦，选择将自由作为方法，来对理想负责，那理想便是——"了解并表达"③。日复一日笔耕不辍，波伏瓦绝无停滞之感，一天天迫切关注着时局风向。她改变了自己年轻时不愿局限于女权运动的傲慢偏见，那时她认为女性地位取决于未来的生产关系。晚期波伏瓦修正了这一思想，坚信阶级斗争并不优先于性别斗争，两者应当并行不悖。还有什么不能背叛？大概就是她跟萨特间的灵魂契约，和来自扎扎的凝视了。

小说中扎扎的化身曾说："不明白为什么不幸，

---

① 西蒙娜·德·波伏瓦：《清算以毕》，台学青译，海天出版社，2021年，第24页。
② 回顾扎扎，波伏瓦曾在未出版的笔记中写下来"祭品"二字。
③ 同①，第10页。

这是一种更大的不幸。"①

波伏瓦半生都在回应这一问题。她惊诧于人们理所当然地接受对女性的剥削——"我们很难意识到，奴隶总是以为自己理所当然是奴隶，因为我们以为奴隶能轻而易举地看到其中的矛盾。"② 在这个地球上，奴隶制永不过时。两性间的矛盾和不平等，跟奴隶制一样古老，也一样的花样崭新。美丽的不幸，几乎成为女人的某种天然属性。"我能确定的是，我一定会走出困境……无法想象我会抛弃自己的雄心壮志和自己的希望。"③ 波伏瓦绝不坐以待毙，扎扎就没有那么好运。按照官方结论，扎扎死于一种病毒性脑膜炎，但我们都知道这不是全部的实情。笃信上帝的扎扎，内心分裂出几股不可调和的矛盾激情。她早熟的爱情，是青春期吞食的

---

① 西蒙娜·德·波伏瓦：《形影不离》，曹冬雪译，浙江教育出版社，2021年，第45页。
② 同①，第412页。
③ 同①，第14、15页。

有毒浆果，致命的秋水仙；她同时被自己锋利的罪感所割伤。

少女一步步奔向死亡。一切如何猝不及防地发生？又究竟为何最终走到这步田地？扎扎的死因至今成谜。这谜团像声尖利的哨鸣，悬于波伏瓦的生命里。要解开这道谜，她必须揭示出更深层的谜底。早在维多利亚晚期，就有怪咖研究过新奇博杂的女性溯源。霭理士在《男与女》这本小册子中就探讨了一些古奥话题，诸如女性盆腔的进化，关系到性、情感、头骨以及大脑的进化等……在凿实的医学、生物学基础上，不乏神秘主义的玄学诘问。他要回答的问题，也正是波伏瓦心之所系——女人何以是女人？一句话概括《第二性》："女人并非生为女人，而是变成了女人。"[1]当萨特充满生理吸

---

[1] 见 1975 年西蒙娜·德·波伏瓦与法国记者 Jean-Louis Servan-Schreiber 进行的电视访谈 Pourquoi je suis feministe（"为什么我是一个女性主义者"）

引力的存在主义哲学,努力模铸人①——个别的人;波伏瓦的《第二性》模铸了女人。

如何成为女人,成为完整的人?波伏瓦的回答,携带着她的整个人生。

她与萨特一生都自我放逐在自由的危险之境。她的才华,在一种远比理论更为精深浩阔的情感和心智中荡漾施展,她深知"自由行动"的意义。当她选择了一种更广阔,更有建设性的人生方式和写作方式时,平凡之躯被文化的光照放大出巨大的身影。伊莉葛莱特别注意到,在波伏瓦女权思想中"女性解放不会抹除性吸引力的光芒"②。波伏瓦反对一部分女权主义者对全体男性的敌意,反对用姐妹情谊压倒一切社会关系,她"尤其反感把女性

---

① "模铸自己时,我模铸了人。"让·保罗·萨特《存在主义是一种人道主义》,周煦良、汤永宽译,上海译文出版社,2012年,第9页。

② 露西·伊利格瑞:《性差异的伦理学》,张念译,南京大学出版社,2022年,第 xii 页。

封闭在女儿国里"① ——

"有一天,女性或许可以用她的'强'去爱,而不是用她的'弱'去爱,不是逃避自我,而是找到自我;不是自我舍弃,而是自我肯定,那时,爱情对她和对他将一样,将变成生活的源泉,而不是致命的危险。"②

与波伏瓦相隔仅一个月,前后脚离开人世的狄金森,一生幽居,25岁以后便闭门不出。"灵魂选择她自己的伴侣——/然后,关上门——"③ 波伏瓦则选择敞开大门,与灵魂伴侣共建开放式亲密关系。极致的"向内求"和"向外求",皆为爱的试

---

① 西蒙娜·德·波伏瓦:《清算以毕》,台学青译,海天出版社,2021年,第414页。
② 西蒙娜·德·波伏瓦:《第二性》(合卷本),郑克鲁译,上海译文出版社,2015年,第868页。
③ 艾米莉·狄金森:《孤独是迷人的》,苇欢译,浙江教育出版社,2021年,第8页。

炼。世上没几人能如狄金森那般擅长"闭门造车"。对于主动隔离式的幽闭生活,波伏瓦显然缺乏那份耐性。她还是满心期待着敲门声——不论门口是一头孤狼,还是一只野兔。

三、革命与清账

这一年(1970),波伏瓦又一次梦见了走投无路的末日景象。整个世界都盖在白雪之下。警察带来了斯兰斯基①和其余被绞死的人的骨灰。雪耐心的穿过大半个世纪,它来到这个世界上,不是为了装点,而是清洗。静寂的原野上,骨灰的白和雪花的白,彼此埋葬。另一次,她梦见自己和萨特在沙漠中焦灼地寻找绿洲,好容易走上一条宽阔大路——"不,这条路哪儿也去不了!"

---

① 曾任捷克斯洛伐克共产党总书记。

没有一条通向他们心目中的自由之路。革命的种种内在矛盾，宿命般地，将自己引向不可知的失败之途。

左翼暴力、先锋的气质，自发的属性，曾在同时代各个艺术门类中诱发出颠覆性变革。如今二十世纪初的假想英雄们纷纷落幕。尽管她与萨特从未从属于某个政党，他们与人民阵线始终保有深刻的情感连接。漫长岁月里，这对惊世骇俗的精神领袖，警觉地经营着与全球左翼之间人道、友爱、互信的交情。在耶路撒冷的"封闭区战士合作社"，他们结伴探访华沙犹太幸存者，听他们惊心动魄的起义；在埃及他们受到了哲人王般的礼遇，人们手举国旗，队伍排到了几公里外对着他们欢呼"萨特万岁！""西蒙娜万岁！"[1]。她开始变灰的高耸发髻，犹如一顶最朴素的思想皇冠，慧眉深目像一束

---

[1] 西蒙娜·德·波伏瓦：《清算以毕》，台学青译，海天出版社，2021年，第367页。

光，照亮了那些阴影之中不被看见的国家。她的目光，往往也带来了世界的目光。这对思想伉俪全身心支援世界各地的进步运动，不仅是出于道义，而是感到人民正在为了他们而战斗——一切都在实现她最初孤勇的理想。早在非常年轻时，波伏瓦就想象自己的生活会是一个"异常成功的人类生存案例"①。扎扎的早夭，给了她一面死亡的镜子，从此她的自由永远地跟这面镜子连在一起。镜中有一个指派给她、扎扎，以及所有受压抑、受压迫、被规训者的位置。她痛恨这位置，和围绕它的矫饰、蠢事，竭力拒绝冷漠、取悦和逃避。她发誓要理解这一切！如若她停止思考，镜子里的人非把她压扁不可。

然而此刻，面对一个雪盲的世界，所有革命后始料不及的变化都像是对她早先智力、判断、观点

---

① 西蒙娜·德·波伏瓦：《清算以毕》，台学青译，海天出版社，2021年，第33页。

的嘲笑。长久以来,她和萨特满怀热忱试图理解身处的时代。他们在"罗素法庭"通宵达旦地工作,谴责越南战场上的地狱景象,审判美国在北越犯下的侵略罪行;他们牵挂阿尔及利亚战争,古巴危机和布拉格悲剧,关心非洲"黑色大陆"的文化重塑……最终一腔激情变成了天真的溃败。波伏瓦越来越预感到,自己此生对社会改造的期望会落入无底洞般的深潭。

她或许也和当年的扎扎一样,感觉到自己"被围捕"?她清楚那种感觉,只是这围捕的力量更抽象,不可名状。

没有确证,也没有迷失,只有迟滞的感知。萨特说的没错,他们投身到了一种自己"并不太理解的历史之中"[1]。混合着爱与厌恶,他们似乎不能再以过去的方式讨厌这个世界了。这也是波伏瓦日

---

[1] 西蒙娜·德·波伏瓦:《告别的仪式》,孙凯译,上海译文出版社,2019年,第502页。

后抛给萨特的问题。刚刚结识萨特时,萨特有一种"逆反性审美"①,他和他笔下的人物一样意识清晰,"选择成为自己"②。若问他彼时对于身处的法国社会作何感想?他在成名作里就撂下一个词——"恶心"③!

"他人即地狱""存在先于本质"这些石破天惊之语,如同思想粘钩一般,勾起了年轻人原本压抑的巨大虚无与叩问,妨碍了他们的归顺。从巴黎到马赛,一夜之间感染了犹疑。反对者们批判存在主义思想挫败了战后法国人民的斗志。但尖锐的攻击,只会助推《存在与虚无》的节节胜利。"那时萨特是个青年,不仅仅对着未来说话,而且也有理由以青年的名

---

① 西蒙娜·德·波伏瓦:《告别的仪式》,孙凯译,上海译文出版社,2019年,第458页。
② 转引自"演讲的前因后果",收录进让·保罗·萨特《存在主义是一种人道主义》,周煦良、汤永宽译,上海译文出版社,2012年,第1页。
③ 《恶心》是萨特创作的日记体中篇小说,也是他的成名作之一,1938年首次发表。

义……他的存在主义是精神史的最后一个词"①。

激荡岁月里，变革者每天头顶着各种"主义"；有一天，雪屑落在了他们头顶。经历了长时间的贯彻半生的掌声，萨特并没有停止自我拷问，尽管年龄已经把他变成了一只被年轻人搬来抬去的古董花瓶。他着实遗憾1968年运动来得晚了一点，倘若放在自己年富力强之时，他必定能有更多的介入。刚认识波伏瓦时，他渴望同时成为斯宾诺莎和司汤达②，早年在水牛比尔、尼克.卡特等探险小说中游历，萨特向来以"天才"自居，力图创造一种既为时势而生，回应某种呼唤，同时兼具普世价值的作品。他用西庇亚斯的话形容自己："我未曾见过与我价值相若之人"③。时间教会人如何放低

---

① 让·埃默里：《变老的哲学：反抗与放弃》，杨小刚译，鹭江出版社，2018年，第105页。
② 西蒙娜·德·波伏瓦：《告别的仪式》，孙凯译，上海译文出版社，2019年，第153页。
③ 同①，第195页。

姿态。到了 1975 年，迟暮天才承认，"说到底，我不过是一个跑龙套的角色"①。萨特突如其来的谦和，让波伏瓦感到难过。

半生与时局共舞，他们几乎被押作未来的俘虏。然而她绝不甘心被抛弃在这个改头换面的世界。作为左翼思想领袖，她和萨特曾被前呼后拥着深度介入全球事务，最终收获的是无解的失败者之歌。左翼各派别日益增长的裂隙，让成员之间充满敌意，无法调和。唯一的共识是，所有人都感到自己失败了。刚刚释放出来的新生力量和崭新公平迅速变异，被另一种刚出生的可怕魔鬼镇压。

如果人生和历史只是"一再地把一个错误换成另一个错误"，那么文学革命的意义何在？革命又如何走出自己的死循环？是否一切如同一种新陈代谢，一系列堆积的意义，只是为了重启人类机体的

---

① 西蒙娜·德·波伏瓦：《告别的仪式》，孙凯译，上海译文出版社，2019 年，第 104 页。

活力？当文明趋于迂腐——事实上，文明精致到一定程度会不可避免地滑向迂腐——新的力量别无选择，必须在艺术、文化、社会、政治等一切与人相关的领域来再次克服迂腐。

一切还是要回到人。波伏瓦敏锐的意识到，问题的关键在于，"年轻的一代会不会为世界提供新鲜血液，还是正相反，使之更僵化"[①]。她依然能嗅到，1968年索邦大学深夜阶梯教室中糜烂、颓唐的，激烈幻觉的味道……所有人的脸庞都涂抹上了一层饱满到外溢的梦幻色釉。革命激情就像爱情般的崇高，荒诞，忘我，最终吞噬自己。人们从最初对革命的同情，转而重新渴望秩序。一代人的变革激情，如青春痘般爆发又覆灭，混乱中蕴涵了整个战后世界的结构性危机，以及延续至今的危机的变形。

充满变数的时刻，自由选择才真正发生。人与

---

① 西蒙娜·德·波伏瓦：《告别的仪式》，孙凯译，上海译文出版社，2019年，第489页。

世界的真实关系得以闪烁——

"徒劳并因徒劳而有价值的希望。这个方面——和未来的关系、和希望的关系……彻底的普世观念——这是我在二十世纪生命的意义。"①

四、爱即生机

时间是一场幻觉。与菲茨杰拉德认为生命是一个"瓦解"过程不同,萨特相信生命的进步,至死方休。"必须一个小时比一个小时干得更好……我的心脏的最后一次跳动刚好落在我著作最后一卷的最后一页上。"②

---

① 西蒙娜·德·波伏瓦:《告别的仪式》,孙凯译,上海译文出版社,2019年,第515—516页。
② 让-保尔·萨特:《文字生涯》,沈志明译,人民文学出版社,1990年,序第9页。

工作仍是他最迫切的热望。为了完美工作，萨特大量吃"科利德兰"保持亢奋，以超出自身负荷的极限能量下笔如飞。他吃兴奋剂一次吞十次的用量，时而分不清是半聋还是昏迷。垂暮来袭，他不时脑子发木，医生建议他放弃严肃文论，尝试写诗。医生前脚一走，萨特就大骂了一句"笨蛋"！[1]直到有一天，他视力下降到无法阅读，萨特看着自己一直钟爱的居住了十八年的书房，忽而丧失了生趣。他对波伏瓦说，他不再喜欢这房子了，因为"是一个我已经无法工作的地方"[2]。

回想这半生，她与萨特一刻不歇的狂热工作，引领思想革命，继而被革命卖掉……不断在活着的时间里看到自己低劣的翻版。对手一再变换。他们燃烧的身心和自我重塑的欲望，总能让自己

---

[1] 西蒙娜·德·波伏瓦：《告别的仪式》，孙凯译，上海译文出版社，2019年，第56页。
[2] 同[1]，第73页。

从绝境中浮上来。可如今,对面是一座疾步赶来的墓地,是爱人的告别,亘古不变的衰老骗局。曾经的战役,已无足轻重。现在,波伏瓦不得不去试探衰老与文明、创造力、革命以及死亡的关系。

在日渐稠浓的死亡的平庸之中,爱即生机。

"远处是可怕的死亡和永别,远处有假牙、坐骨神经痛、瘫痪、痴呆和在陌生世界中的孤独,我们不再了解这个世界,这个世界会抛下我们飞快地运行……我们会在人生的最后旅程中相互搀扶。也许因此这一段路就不再可怕了?我不知道。希望如此。我们别无选择。"①

早在萨特病情恶化前几年,波伏瓦已在创作

---

① 西蒙娜·德·波伏瓦:《独白》,张香筠译,上海译文出版社,2012年,第66页。

《懂事年龄》。这本她自己并不完全满意的小说中，波伏瓦植入衰老的话题。一切从走投无路的绝望中年开始，像盯着糖在苦咖啡里化掉，女主角一点点品咂到生活、回忆、亲密之人挥发出的细小无力的甘甜——用以抵抗忍无可忍的智力、肉体、理想的多重溃败。女主曾充满雄心壮志地相信自己会永远充实，不断更新，每一天向着期望的目标靠近，在即将退休的年头上依然做着学习计划。然而，人生的下坡路猝不及防。她因政见不同与儿子断绝关系，并由此开始质疑丈夫的信念立场，进而陷入对自我的深度怀疑。那一代知识人，将政治性作为人生第一性的存在。最多的愤怒和脾气，都投注给了改造世界的大业。波伏瓦在小说中面对的，是自我和世界共同的中年危机。

即将枯萎的玫瑰，天然叫人疼惜。那护花的人，也只有自恨无能为力。当时的评论界暗戳戳讥笑，小说中那个对自己和他人都愤怒失望的女教师就是她自己；而那个比她更早衰老，立场闪烁，却最终把她从无边的荒诞和阴霾中捞上来的男主，自然非萨特莫属。

对于这些揣度，波伏瓦保持了开放的暧昧。

"意大利语的青春这个词特别美：stamina。就是活力，是火苗，可以让人去爱，去创造。当你没有了它，你就失去了一切。"[①]

几乎同时发动的另一场的世纪之爱——海德格尔和汉娜阿伦特用"静默"复燃并加强了那些行将湮灭的生命火苗。爱的音符，每一拍都在击打堕落和死亡。和海德格尔恢复通信后的第二年，阿伦特在《思想日记》中写道，"所有平均的东西都是堕

[①] 西蒙娜·德·波伏瓦：《独白》，张香筠译，上海译文出版社，2012年，第37页。

落，都是朝向死者这普遍性的倾向"①。所谓平庸，就是一种钝化，一种精神上的奴隶主义，它令初生而来的对生命的强烈珍视，日渐泯灭进无意义的重复劳动；用对生命的漠视来延续生命。真正的爱，是生的气息，能够激发人内在的欣欣向荣之气，而非某种腐朽停滞的情感。即便是在告别之中，也能生长出新的相遇。

或许是秉承了萨特的"希望哲学"，或许她天生就有不可救药的乐观，波伏瓦发誓要在"终局"到来之前，率先发球；她那对于时间倨傲无礼的同伴，渴望不朽的同伴，对于衰老更有一种超然。尽管那些衰弱的东西早已变成自身的一部分，活在希望中的人也从未丧失兴味。世界尚未对他们封禁。在回忆录中，波伏瓦再一次完成自我发现和自我发

---

① 汉娜·阿伦特《思想日记》，转引自乌尔苏拉·鲁兹（编）《海德格尔与阿伦特通信集》，朱松峰译，南京大学出版社，2019年，第510页。

明,用非常"历史的方式"回顾了她与萨特的一生。《告别的仪式》,是波伏瓦唯一一部交付印刷之前萨特没有抢先读到的稿子。书出版时,萨特刚过世一年。没什么能够拖住她向前的脚步,死亡不行,悲伤也不行。"生活没有暂停",这是1968年"五月风暴"中她记忆最深的口号。直到去世当天,她都还在为当年和萨特一同创立的《现代》杂志工作。唯有书写,持续不断的创造记忆,可以将爱人永恒地连接在一起。他们的生命存在,同时作为彼此生命以及诡谲历史的"证人"和"证词的一部分"[1];他们的情感,在哲学上显然比青春走得更远。

这对二十世纪最敏捷的头脑,受过哲学的完整训练,创造了一种哲学意义上全新的情感关系:一种敞开式的高贵的男人与女人间的智性友爱。两个哲学家从爱欲中透析出纯粹的法则与主义,密布着

---

[1] 西蒙娜·德·波伏瓦:《告别的仪式》,孙凯译,上海译文出版社,2019年,第1页。

竞争与友谊——"我们之间有真正的自由：把自己的立场置于危险境地的自由。"[1] 时而观点短兵相接，时而在彼此面前推翻自己，她与萨特的开放爱情同样作为了哲学主体。在波伏瓦看来，正是他们之间的关系，构成了理解萨特与其他女人关系的要害。当她不无嫉妒地问萨特："在这些恋情里，女人身上的什么东西最吸引您？"萨特回答："无论什么都吸引我！"[2]他在对待女人的问题上没有任何大男子主义，但唯有在波伏瓦身上他真正确证了自己。

他们依旧喜欢重游爱过的故地，新旧景象交织在一起，记忆随目光所及自由地切换。波伏瓦凝视着爱人衰老的背影——他整个钟头坐在普罗旺斯四面灌风的大露台，注视着村庄，什么都不做——她了解他此刻最深的渴望，那同样也是她内心的愿

---

[1] 西蒙娜·德·波伏瓦：《告别的仪式》，孙凯译，上海译文出版社，2019年，第40页。
[2] 同①，第364页。

望。他们在露台上静静坐着，好像可以一直坐到永远，丝毫不厌倦。世界的巨大异彩依然令他们悸动不已。与眼前这般开阔风景如出一辙，这段亲密关系的深层次意义，超越了封闭的二人世界：从来不是一只"封套"，而是一个延展和吸纳的"小系统"——他们的蜜巢始终敞开，迎接文化风物、社会潮水、不可知的风暴随时涌入。

五、亲密之书

她反复问自己："假如没有遇见萨特，我会如何发展？"结论却是，"我很难确定那在多大程度上是一种偶然。遇到他不完全是个意外"[1]。波伏瓦坚信，即便1929年他们没有相遇，他们的命运也迟早会因为青年左翼教师联盟的小圈子而缠绕在一

---

[1] 西蒙娜·德·波伏瓦：《清算以毕》，台学青译，海天出版社，2021年，第16页。

起。他们此生必定同行。

二人在充满冲突的道路上齐头并进，持续给予彼此希望和生机，以及昂贵的真理。他们是最顽固也最亲密的战友，共享了时间和命运，甚至共享着对他者的情欲。波伏瓦承认，"萨特所执意交往的女人真的都很迷人。她们是如假包换的迷人。作为见证人，我甚至也在另一个层面上，迷恋着她们"[1]。她自己也引诱了不少男男女女。

"既不能背叛终身伴侣，又不能放弃刚刚给他打开新世界大门的女人。"[2] 当谈到萨特所交往迷恋的诸多女性时，波伏瓦提议他，面对所有这些女人——"冥想一下吧"[3]！默诵一遍情经……女人，几乎是萨特一生的修行之途。跟女人们的相处，如同

---

[1] 西蒙娜·德·波伏瓦：《告别的仪式》，孙凯译，上海译文出版社，2019年，第373页。
[2] 西蒙娜·德·波伏瓦：《清算以毕》，台学青译，海天出版社，2021年，第26页。
[3] 同[1]，第373页。

浸透在私密的月光之下、音乐之中。潜入花蕊之时，有一种感性的生命萌发，进而转为创造和新知。"我感兴趣的是将我的知性重新浸泡在一种感性之中"①，因而萨特思想有一层动情的生命力。借由与女人的罗曼蒂克关系，存在主义哲学家在她们的神情中，见识到属于另一种沉默性别的优越感性并且——"占有了她的感性"②，用于体验完整性的世界。经由爱过的女子，萨特与他游历探究过的城市建立起一种持久而富有人性的私人链接；女人天然的"边缘人"视角，又令她们对身处国家的知觉更为新颖有趣。据说，全球各地他所到之处皆有一个情人，作为这个国家的形象代言人——代表美国的m夫人，代表巴西的克里斯蒂娜等等。

这些外界流传久矣的八卦，在二人1974年从夏

---

① 西蒙娜·德·波伏瓦：《告别的仪式》，孙凯译，上海译文出版社，2019年，第369页。
② 同①，第367页。

季持续到冬季的长篇对话中赤诚披露。波伏瓦竭力让萨特占据谈话的上风，以获取他深层的内心流露——某种只在彼此间存在的"交流"。尽管抑制不住对其他女人的刺探，波伏瓦始终高度镇静。她也曾在这过量的危险关系中尝透了可怕的嫉妒与背叛。现在他们老了，对于亲密关系的体验也不同于从前。

曾经的波伏瓦只能想象出一种爱，就是对扎扎的爱[①]。"我应该把自己的生命用来反抗那些我爱的人吗？"[②]这是扎扎颤抖着问她的问题。扎扎用生命做出最激烈的回答，波伏瓦深知自己必须从这献祭中汲取理性，远离以爱之名的杀伐。她与萨特间的"君子协定"，经过了漫漫长路，已然成为自己的命运。他们主动选择的契约，是"一项长期的事业"[③]。这段

[①] 西蒙娜·德·波伏瓦：《形影不离》，曹冬雪译，浙江教育出版社，2021年，第35页。

[②] 同①，第125页。

[③] 西蒙娜·德·波伏瓦：《清算以毕》，台学青译，海天出版社，2021年，第16页。

牢不可破的感情几乎带给了彼此一切。如果强求追问那究竟算不算真正的爱情？只能说，高于爱情——他们是怀抱希望一起改造世界的人。

1968年戏梦巴黎的青春期，在萨特、波伏瓦这里可谓持久漫长，延至老境。他们在"亲密关系革命"中坚守秩序，并未被中年危机和老年绝望吞没。事实上，"绝望的诱惑"[1]在萨特一生中仅发生过两次。一次是二战法国被占领期间，他彻底感到那个充满文化活力和快活的可能性的世界被夺去了。然而存在主义由乐观而来，他决然选择——拒绝绝望！另一次，便是晚年提前陷入对第三次世界大战可能阴霾的思虑。他意识到人类作为一个"悲惨的整体"[2]，拥有的只是永恒的分裂。曾经这个世界幻想着经济可以消弭国家政体间的敌意，之后

---

[1] 让·保罗·萨特：《存在主义是一种人道主义》，周煦良、汤永宽译，上海译文出版社，2012年，第111页。
[2] 同[1]，第113页。

互联网又制造了万物互联的生意。然而时至今日，这些链接一一失效，互联网留给未来的是更深的撕裂。最终，恐怕只有文学——古老的文学，去唤醒人性中本能的理解，重新链接这个世界的亲密。文字，是有关记忆的权力。手握书写的笔，就是手握记忆的权杖。那些玩弄言辞，滥用语言的人，何其卑劣有罪，一旦丢掉了对记忆的守护，那么爱和生命终将成为一种消耗品：你，我，世界，很快耗尽。在现代性革命完成了伟大的毁坏之后，重返伊甸园之路，或许是去写一本建造美好关系的书——重寻人和自我，和他者，和世界的理想情谊。

波伏瓦和萨特最后的写作，都回归到亲密关系当中——去写一本属于"我们"的书。

"他深切地希望在书中展现一个'我们'……希望得出一种'我们'的思想"[1]。唯有在这"共

---

[1] 西蒙娜·德·波伏瓦：《告别的仪式》，孙凯译，上海译文出版社，2019年，第114—115页。

同思考"中,思想者辨认出爱人与自己,得以完成最后的飞升——"一部超出我自己作品的作品"①。

同样是在他们留恋的圆顶饭店。病逝前不久,有一次萨特忽而神秘地微笑地对着他的小海狸道:"那么,这是告别的仪式了!"②

属于他们的时间过去了,属于他们的时间不会过去。过去将一直存在,优于未来而存在——它们早已嵌入到未来岁月的肌髓里。明天不只属于那些刚出生或未出生的年轻人,世界依然属于他们,哪怕是"反萨特""反波伏瓦"的世界。他们,不可消灭。

"现在是过去的重新开始。"③

---

① 西蒙娜·德·波伏瓦:《告别的仪式》,孙凯译,上海译文出版社,2019年,第115页。
② 同①,第21页。
③ 同①,第506页。

"她者"的醒来：
玛丽莲的呼啸战场

娜拉的觉醒，始自一个怀疑的时刻。从全权的信任、依赖、委托，到带着质问，怀疑地睁开眼皮。这是一个惊恐的时刻！一番前所未有的胜利，同时也是一出悲剧性大戏的端倪。从此，命运不在天神或夫君的庇护之下；她自己的命，须一分一厘地挣。文明随之出现一个迷人而危险的转折，女人走入了没有穷尽的革命的旅程。

早在奴隶制和私有制产生之前，女人已被归入私有财产和美丽的奴隶。她们既不能像公民一样行使公共权利，也不能如一个完整的人一样，拥有哪怕是对自己身体的私人权利。男权社会通过摧毁女性的自信、人格，漠视其创造力价值，从而实现控制和奴役。多彩的性别和多元的关系，被强制性地压缩在单一的权力模式里。这一人类史上最古老的压迫形式，压迫着男权结构中的每一个女人和男人。我们的整套文明，建立在一半人沉默的历史上。

女人的声音沉入海底，女人无法聆听自己。

维系这种天然的剥削与沉默，需要不间断的催眠。如果谁不幸提前醒来，那么，从女性意识苏醒的那一刻起，她就成为社会结构中需要被清除的异己。她们或是被按上"歇斯底里症"的疯女人（据说这类病症多发于天赋极高，却不能适应其社会角色和社会责任的女性），因为过早觉察到世界的疯狂,而当成疯子被疯狂对待;或是成为被埋没的女作家、女艺术家、女科学家,是罗丹的情人,艾略特的太太,莎士比亚的妹妹①……或者干脆变成女妖,女巫,女怪……又抑或,她们谁都不是,只是不安分的太太,不开心的母亲。从某一天起,她们开始拥有共同的骂名——一群无可救药的女权主义者。

时至今日,女权主义者依然被很多人视作恐怖分子一样的可怕存在②,她们是最富有革新精神,然而却最不受待见的那类人。女人一做回自己,就让社会打哆嗦:的确,她们往往是比男性更激进的革命者,只因"她者"的历史,更值得被清算。如

---

① 伍尔夫曾经构想,如果莎士比亚有一个同等才华的妹妹,她绝不会取得和莎士比亚同样的艺术成就。她会将原本用来从事诗歌、戏剧创作的才华统统浪费在了男人身上,而这些才华对于女人应付婚姻和生活才将将够用而已。

② 奇玛曼达·恩戈兹·阿迪契:《女性的权利》,张芸、文敏译,人民文学出版社,2017年,第4页。

果一部小说野心勃勃想挑战这段沉默史,试图揭穿女人成长过程中积累的,甚至连自己都尚未察觉的不公、恐惧、焦虑与幻灭,它大概率需要拥有像《醒来的女性》这样的恢弘体量。这部四百页的小说采集了各种女人们的声音,触碰了整整一代女性的困境。

《醒来的女性》讲述了书呆子米拉和她周遭那些不同背景、不同阶层、不同性格的缤纷各异的女性,她们一个个如何醒来,又如何一个个被毁掉的故事。

每一个人物,都是"一个呼啸的战场"[1]。作者玛丽莲·弗伦奇在每个女人内心深处挖出了反叛者的影子,邀请大家一起思考女性从出生起就接受的种种规训、引导和暗示。笔尖深入至人性、情感

---

[1] 玛丽莲·弗伦奇:《醒来的女性》,余莉译,北京联合出版公司,2017年,第20页。

关系、权力结构中的盲点和痛点。这些反叛者，这些觉醒中的女人，充满矛盾、反复和不确定性。她们处于多重的撕裂之中，内心不断冒出错愕、惊恐和羞耻感。米拉、瓦尔、伊索、凯拉、莉莉……女人们成长为自觉或不自觉的女权主义者，可总有一些时刻，她努力把这个陌生的女权主义者与自己进行切割，试图找回所谓的正常和快乐。然而，她已经觉醒，就无法继续昏睡。

女人们认识到，必须进行一场"情感革命"，挑战"丈夫"所代表的那个外部世界对她们天然拥有的权力。这部包囊万象的小说，肥皂剧般地展演了多对男女的婚姻真相，描摹出那个年代婚恋关系中的众生百态——亲密关系中的每一个家庭，都有自己独特的相互攻击的方式。这些伤害几乎无从避免，即便是两个品性高贵的人，哪怕他们拥有优良的阶级出身，抑或志同道合默契如一人，都无法消解其中隐藏的精神暴力、被巧妙掩饰的剥削，和以幸福之名被夺走的一切——那是男权社会所教习的唯一的爱的方式。小说近乎绝望地披露出,父权体制下的"爱之不可能"与"爱之幸存"。

上世纪七十年代的美国,女人的阶层上升通道已不局限于"结婚"一条独木桥,她们拥有受高等教育的机会。主人公米拉在经历了一系列性恐惧、处女危机和失败恋爱后,嫁给了门当户对的医学院学生诺姆。不同于那些维多利亚时代的"女性成长小说",总以女主角的结婚为圆满结局(那倒的确常常意味着女性自我"成长"的终点),米拉步入婚姻,故事才刚刚开始。学霸米拉婚后就辍学在家相夫教子,随着医生丈夫收入渐涨,二人稳步迈入中产阶级,搬到有钱人聚居的郊区。米拉顺理成章当起了"顺义妈妈",每天围绕着丈夫、孩子和八卦。直至看似完满的婚姻一桩接一桩地破裂,妈妈们曾经无话不谈的下午茶风光不再。她们的正义,最终转为抱歉;她们的呐喊,渐渐沉默。突如其来的婚变之后,米拉选择去到哈佛深造,在剑桥镇结识了一圈以瓦尔为首的思想独立的高知女性,组成了小小的精神共同体。她们彼此支撑,见识高明,也不能阻挡女人们奔赴各自悲剧的命运。

随着技术发展急速抹灭男女在生产过程中的体力差距,恩格斯论述中性别压迫的起源和基石日渐瓦解。此书出版前十三年,林登·约翰逊总统签署颁布了美国女权运动史上具有分水岭意义的《民权法案》,其中第七章正式引入了"性别"概念,提出男女享有"就业机会平等"。然而法案颁布之初,许多人对此"不以为然,甚至视法案为'侥幸出生的私生子'"[1],距离女性在职场上施展拳脚还有漫长的旅途,社会上多是一些"绝望的主妇",

---

[1] 吉莉恩·托马斯:《因为性别》,李明倩译,译林出版社,2019年,第6页。

"要毁掉一个女人……你只需要把她娶回家"[1]。尽管此前的大半个世纪,她们接连赢得了选举权、遗嘱权,以及在不需要丈夫许可情况下提出诉讼的权利,七十年代绝大多数美国妇女的生活依然围绕着烤面包、四季豆展开。即便有洗衣机、烘干机或电冰箱这类"小小的解脱"[2],仍不能改变她们在婚姻里失去自我的"腐败的状态"[3]和充斥她们全部生活的"肮脏的细节"[4]。彼时,避孕工具刚刚得到大规模推广,女性由生育不受控制的自然状态向社会化过渡。她们开始享有避孕带来的身体解放和闲暇时光。在逼死人的空虚之中,主妇们开始检视自己的感受,日渐觉察到不对劲的地方,周身涌动着实现自我价值的渴求。这份渴求与她们既定的社

---

[1] 玛丽莲·弗伦奇:《醒来的女性》,余莉译,北京联合出版公司,2017年,第62页。
[2] 同[1],第102页。
[3] 同[1],第22页。
[4] 同[1],第64页。

会角色、性别分工产生了激烈的冲突。反抗者由此认识到，所有这些"他们"的规则和真理，都在讲述同一个谎言——"女人是天生的受害者"①。而这显然是馊掉的隔夜菜，在女权运动第二次浪潮斗志昂扬之际，尤难下咽。

这一波由贝蒂·弗里登、凯特·米勒、朱迪斯·菲特利等掀动的女权浪潮中，性暴力、性别歧视、女性参政议政、同工同酬、女性文学传统等都处于议题中心。随着时间推移，女权主义改变着世界，也改变着自己。醒来的女性们，面对着不一样的风景。当米拉们还停留在半辈子对性一知半解，精打细算欲望和风险的比例，女权主义已迎来了轰轰烈烈的"性解放"。波德里亚曾批评女权运动中的某种近视，认为"性解放"抹灭了界限，导致参照原则的丧失，最终使得诱惑缺席。而这些模糊了

---

① 玛丽莲·弗伦奇：《醒来的女性》，余莉译，北京联合出版公司，2017年，第41页。

的界限，需待四十年后席卷全球的米兔运动予以再次厘清。从大鸣大放的性解放，到精耕细作的改良性文化，女权运动道阻且长。九十年代以后，女权主义阵营内部兴起大混战。不同种族、阶级、性向的女性群体，携带着各自不同的诉求，参与到后现代女权主义论战之中。事实上，对女权主义最激烈、最戳中要害的批评都来自其内部。女权主义者们从一开始就抵制"完美"——经由男人定义的完美妻子、完美母亲；女权主义理论也同样摈弃了"完美"，它在分裂和批判中成长。如同一个足够健康的有机体，它没有极权政治的整齐划一，也没有绝对的领袖和中心，它甚至不需要合法的继承，参与者更多是从个体经验出发做出判断和选择，这些判断也绝不是非此即彼。而这些恰是有别于男权秩序中的女性政治的特征。当伊瑞葛来发问："在男性专擅的秩序之内，能否出现女性政治？若其为有，在此政治过程中需要什么样的变革来配合？"①玛丽莲似乎在一个小小的精神共同体中预见到这种女性政治的可能性——它以倾听为核心机制，如同子宫般滋养个体多元化的需求和选择，待到一定时刻即与母体分离，发展新生。主人翁米拉在哈佛的小团体，一个微型精神共和国，最终优雅地走向分裂和分别。即便彼此坚持己见，她们依旧一次次表达理解。"那晚的分别，像芭蕾一样优雅又正式……只有适度的端庄举止，彬彬有礼，才能表达他们到底有多亲密，他们之间的距离有多么的不可逾越"②。

及至千禧年，互联网时代的女性声音集体爆发。曾有一个有趣的全球问卷调查——"如果互联网有性别，那么它是男还是女？"绝大多数网民投

---

① 露西·伊瑞葛来：《此性非一》，李金梅译，台北桂冠图书，2005年，第104页。
② 玛丽莲·弗伦奇：《醒来的女性》，余莉译，北京联合出版公司，2017年，第372页。

票相信，互联网是女性。互联网让人们可以友好地跨越各种不同的界限，它非常多元，又不具备直接暴力，这些都更接近于女性气质。事实上，我们如今的整个文明都开始女性化，这可能是互联网和城市化进程共同作用的结果。她者的回归，毋庸置疑是这一时刻的历史需求。当瓦尔愤怒地斥责"一个充斥着'你们'——满是男人的世界"[1]，女权主义者们在一代又一代人中添加进"我们"的声音。

娜拉们当然可以，也应当保持她们的愤怒。

《醒来的女性》出版四十三年之后，女人们一觉醒来，依旧无处可逃。玛丽莲对此人约不会太过惊讶，"我无法想象，哪一种社会结构能容纳这种安排，却不用改变所谓的人性"[2]。人性之中，竖

---

[1] 玛丽莲·弗伦奇：《醒来的女性》，余莉译，北京联合出版公司，2017年，第331页。
[2] 同[1]，第97页。

着古老的高墙——人对于他人缺乏同理心,"这一群人对另一群人也是一无所知"①,男人和女人之间更是欲望远超理解。伊瑞葛来这样的理论家很早就意识到,女权的呐喊不应以男性作为比照而存在,更多是要通过回归女性生命本质的内在体验,来思考性别差异、自身与他者的关系。伍尔芙也有这方面的自觉,她在《奥兰多》中虚构了伊丽莎白时代的男性贵族奥兰多,在经历一系列爱情失望之后,有一天他突然变成女性,以女性的身份重新去体验这个世界,才意识到原来作为女人生活在这世上竟有那么多的麻烦。女性解放运动,绝非一个性别打倒另一个性别——那只是阳具模式的复制,另一种意义上的男权。其真正诉求的,是一场结构性的逆转,将女性和男性从封闭且唯一的权力结构及认知模式中共同解困出来。女性权益的争取,仅是其表

---

① 玛丽莲·弗伦奇:《醒来的女性》,余莉译,北京联合出版公司,2017年,第113页。

层；更幽微的部分，是让男性与女性都能跨越自身去体会沉默的另一半世界。这种超越自身性别的体察，带来的将是人性的拓展和成长。

这终究是一个无法与他人彻底切割的世界。女人和男人面对共同的罪孽，承担同样的未来。"她者"们千辛万苦的醒来，她们的愤怒，是一种净化，是从悲剧经历中萃取出的精华，它深刻积极地改变着人们原本看待事物的方式，帮助我们对抗普遍的麻木、愚蠢、不公，对成长的扼杀，以及对生命热情的怠慢。

"希腊语中，遗忘的反义词是真相"[1]，真相炙烤着醒来的女性。

她们最终站出来代表她们自己。

---

[1] 玛丽莲·弗伦奇：《醒来的女性》，余莉译，北京联合出版公司，2017年，第397页

另一种英雄主义：

东亚女性改变之书

在女性被戕害的古老历史里，流传着一则则罪恶传奇。伦敦东区白教堂一带连续残杀多名妓女，仅留下一件血披风的开膛手杰克，其残忍的作案手法被不断模仿，其写信挑衅警察局的行为被反复抄袭；笼罩塞西尔酒店半个世纪，阴魂不散的黑色大丽花惨案，一遍遍穿上艺术的外衣，其超乎想象的残暴，被描述成一场难解的行为艺术，创造出五百多人主动供认自己是凶手的历史记录；拥有博士学历，仪表风度翩翩，无差别奸杀三十五名少女的泰迪·邦德，被冠以高智商的美誉，仅凭庭审上一个迷人的微笑，就斩获情书万卷……这些仇杀女性的屠夫，被奉为顶级流量的连环杀手，他们的故事经由猎奇和浪漫化处理，透过影视、摇滚、游戏、文化T恤，在流行文化中招摇过市。人们不去关心死者，而把猎奇心、窥探欲，甚至偶像崇拜，投射到罪犯身上。某种意义上，奸杀者篡夺了原本只属于英雄的光辉。

极端事例无情地证明："人对于他者的痛苦是毫无想象力的。"① 无论男女，多数人更愿将自己代入故事中光鲜的赢家，手持凶器掌握力量的施刑者；鲜有人会将自己代入曝尸街头的妓女，内脏掏空的大丽花，花季殒命的少女……谁会去孜孜探究她们的极端身心体验，追索她们虽失败了却奋勇的

---

① 林奕含：《房思琪的初恋乐园》，北京联合出版公司，2008年，第193—194页。

反抗与挣扎?我们的人类文化中,整套关于性犯罪和性压迫的叙述策略是不正义的。在颠倒的英雄叙事中,施刑者得以向受害者持续行使他们的暴力,将她们牢牢钉死在受害的那一刻。关于她们的生命叙事,将全部围绕强暴或死亡展开。

她们,成为故事中沉默的道具和永恒的缺席者。

不义的"英雄"叙事,有待被改写。这两年,中国台湾、韩国、日本等国家和地区不约而同出现了标志性的女权主义文本。它们都是愤怒的书,窒息的书,复仇的书。然而积极的愤怒,携带着改变的力量。

一、 破除"受害者模版"

"世上存在从一开始就注定无法起诉的案件。"[①]

[①] 伊藤诗织:《黑箱》,匡匡译,中信出版集团,2019年,第95页。

性侵，从来都是人类历史上被掩护最深，发声最难的暴力罪行。受害者自遭遇性侵那一刻起，就生活在恐怖的回声中，如同不得超生的魂灵，永远被困缚在"最黑的一个夜"①。往后的日子，她们需要将极夜无数遍地咀嚼，如同一则无限循环播放的恐怖录像带。日本记者伊藤诗织根据自己被时任 TBS 电视台华盛顿分局局长、安倍晋三传记作者山口敬之性侵的遭遇写作的《黑箱》，完整记录了案发始末及接下来艰难的报案取证过程。"在日本，想要确立性犯罪的证据十分困难。日本的刑法有重视犯罪嫌疑人主观动机的倾向。当然，嫌疑人主动承认性侵的例子极其罕有，总是会宣传是双方同意之下发生的行为。"② 立案过程中，受害者面对警务司法系统被迫一遍遍复述强奸细节，无异于"二次强奸"。

---

① 林奕含：《房思琪的初恋乐园》，北京联合出版公司，2008 年，第 85 页。
② 伊藤诗织：《黑箱》，匡匡译，中信出版集团，2019 年，第 134 页。

这场日本历史上女性首度公开具名指控的职场性侵案，历时四年，于2019年12月18日赢得胜诉，受害者总算扳回一局。四年里，诗织没有如媒体、社会期许的那样，做一个安分的受害者——整日以泪洗面，素服加身，表演苦情（这番苦情实在毋需表演，历尽强奸对身心的核摧毁，任何对痛苦的再现都显得轻浮）。出人意料地，她频频出现在记者听证会、视频采访和演讲台上。聚光灯下的她妆容精致、衣品不俗，没有社会分配的受害者囚服，没有唯唯诺诺的失语，没有楚楚可怜的面容，没有所谓的"受害者就该有个受害者的样子"[1]。她的生命力非但没被吞吃，反而被激怒而喷发，一手烂牌打出王炸。幸存者，不再是只配获得他人怜悯的可怜鬼，不再是被压在身下反复凌辱的被动方；相反，他们可以勇敢地站到舞台中央获取主动

---

[1] 伊藤诗织：《黑箱》，匡匡译，中信出版集团，2019年，第59页。

性，自觉颠覆社会对施虐者和受害者的情感逻辑，破除"受害者模版"。

这番抗争需要持续地付出代价。诗织的高调复仇，旋即遭遇了四面夹击的诽谤、中伤、威胁，以至她不得不远走海外。"出风头、搏出位、桃色陷阱、仙人跳、有政治企图"[1]，这些都是对受害者最古老的诽谤，是毫无创造力的邪恶臆测，是人性里赤裸裸的趋利主义。

"非要死的话，可以带着破釜沉舟的心情，跟那些非改变不可的问题挨个死磕，把想做的事一一做完，把自己的生命彻底花光用尽，届时再死也不迟。"[2] 时至今日，我们不能再用"受害者"三字概括诗织，她已然成为日本性别平权运动的倡导者和推动日本社会公平公益的重要力量。她所揭发的

---

[1] 伊藤诗织：《黑箱》，匡匡译，中信出版集团，2019年，第199页。
[2] 同[1]，第172—173页。

调查机构和司法体系中的"黑箱",打破了一直以来日本被奉为强奸率最低的安全国度的幻觉,戳穿了色情产业有助于释放剩余荷尔蒙,降低强奸率,缔造稳定社会环境的商业谎言。根据联合国药物犯罪调查局2013年公布的数据,瑞典这样女权相对发达的国家,高居强奸率榜首,而日本排在第八十七位,貌似是最安全的社会之一。就连强奸已成为社会公害的印度,也因报案率极低,而拥有了一个较为理想的排名。事实上,各国的报案率,几乎与女权程度呈正相关。诗织发现瑞典具备让受害者敢于报警的法律和社会环境,其警务系统内女性任职比例是日本的四倍(日本警察体制内女性比例仅占8.1%)。与此同时,日本缺乏像瑞典一样人性化的强奸报案系统和诸如斯德哥尔摩南综合医院的"强奸受害紧急救助中心"。此类的公益机构里,"强奸发生十日之内,都可以利用'性暴力受害物证采集包'进行检测。检测结果将由中心保管六个月。受害者可以首先在中心接受检查、治疗及心理辅导，待一系列救助措施都结束之后，再考虑是否报警"[1]。与此同时，诗织也在各公共平台普及性教育，"整个社会，也必须纠正'没有 say no（说不）就等于同意'的旧观念，教育大家认识到，'没有 say yes（说好）'，就等于不同意"[2]。

不同于《黑箱》诉求的现实政治中的司法正义，《房思琪的初恋乐园》追索的是文学政治中的诗性正义。这部台湾女作家林奕含的遗作，贡献了一则完美的心理标本，它完整拥抱了奸污创伤中受害者的全部心绪、情感、思索和创造力，是近年来文学价值最高的一部女权主义启蒙之书。小说中，从十三岁起被老师诱奸的女主人公，在这番倒错、残暴、"天地难容"的爱里，发现了"一种属于语言

---

[1] 伊藤诗织：《黑箱》，匡匡译，中信出版集团，2019年，第142页。
[2] 同[1]，第158页。

的，最下等的迷恋"①。这本相信"生气才是美德"的书，将受害者残忍精致的生存艺术，挖掘到前所未有的深度，是一场面向美学的挣扎与解放。有趣的是，无论是沉沦在精致地狱里的房思琪，还是闷杀于黑箱中的诗织，她们在还原犯罪现场，力图击穿伪善世界扭曲秩序时，都不忘顺便嘲弄了施暴者的性能力。那些奸污者，才不配当强奸神话中的体能超群的魔鬼，他们只不过是一群专向女性下手的无能无耻之辈。强奸，这一蒙上神秘保护罩的古老罪恶由此祛魅。

诗织和林奕含发出了她们的呐喊。然而，日本多数强奸案的受害者都会三缄其口，连警察都会劝她们封口。2010 年的统计数字表明，"在性犯罪的案件中，通过庭外和解和协商的方式撤回诉讼的比例，实际高达 35.4%。也就是说，有三分之一的受

---

① 林奕含：《房思琪的初恋乐园》，北京联合出版公司，2008 年，第 105 页。

害者，出于各种各样的理由，同意了庭外和解"①。诗织曾在采访中表示，"我不认为人们必须站出来讲述如此具有创伤性的故事。我认为每个人都有他们生存的不同方式"②；在《房思琪的初恋乐园》结尾处，林奕含同样借伊纹之口道出，"你有选择……你可以放下、跨出去、走出来，但是你也可以牢牢记着，不是你不宽容，而是世界上没有人应该被这样对待"③。并不是每个受害者都有打破沉默的义务，也不是非得拥有诗织和林奕含般的成就才算得上英雄，更没有谁规定必须要在被侵犯时表现英勇，以死相拼。诗织查阅斯德哥尔摩强奸救助中心的数据发现，70%的强奸受害者会在受侵害过程中会陷入"解离"状态（紧张性强直静

---

① 伊藤诗织：《黑箱》，匡匡译，中信出版集团，2019 年，第 124 页。
② 同①，第 147 页。
③ 林奕含：《房思琪的初恋乐园》，北京联合出版公司，2008 年，第 221 页。

止)。对此,她用了一个更直接的翻译:假死。亦即"从残留的身体上的疼痛和感觉中抽离。有一种想把自己的身体脱下来丢掉的冲动"[1]。林奕含同样花费众多文墨,描述了受害者在极度痛苦中,灵与肉强行割离的条件反射。这种"心理休克状态"有时甚至会延续几天,以至延误报案的最佳时间。社会对完美受害者的要求,显然是严重缺乏常识和同理心的。她们在侵害发生之后,选择继续漂亮的生活,就是最大的英雄主义。

二、 被创造的母亲

如果说林奕含提供了文字,诗织提供了行动,她们共同创造出一种幸存美学,那么日本作家角田光代的小说《坡道上的家》,则填补了传统小说人

---

[1] 伊藤诗织:《黑箱》,匡匡译,中信出版集团,2019年,第43页。

物类型的空缺,塑造了一位幸存的母亲。

小说描绘了一种过去从未听说,也无从得知的育儿生活,一种周遭生过孩子的同事、亲戚、朋友、连同母亲也绝不会分享的,然而却最真实的育儿困境。故事围绕一个年轻母亲溺死亲生婴儿的悬案展开。同为新手母亲的小说主人翁里沙子,被选为陪审团成员,聆听各方在法庭上的供词与争辩。然而随着她对案情和被告逐步深入了解,一件看似离奇的杀婴案,成为了一场无限贴近自身的恐怖故事。正因杀婴者看起来如此普通,跟自己的生活如此接近,才让里沙子深切地感受到整起案件多么恐怖,逼迫她正视自己的隐秘感受,不再一味地逃避思考。在母职里筋疲力尽的里沙子,心头萦绕着无法平静的胆怯,貌似消极的思考漩涡,无力申诉的委屈,时刻卷土重来的挫败和厌倦。那些犹疑的笔触所带出的,婚姻和育儿生活中难于澄清,却无处不在的微妙的"不公感",令人毛骨悚然。像一条漫长而孤独的夜路，没有逃离之途。作者呈现了社会所规定的"人母"的既定范式，与女性的个体意识觉醒之间的激烈冲突。值得一提的是，小说中运用了漂亮的"反笔"，表面情节是在审判有罪的母亲，审判女性，实则借助主人翁内心的诸多质疑，控诉男权，审判男权社会对"母性"的绑架。

世上没有天生的母亲。角田光代挑衅了一直以来被男权定义的"母性本能"，巧妙道出了社会对母亲的种种催眠式的绑架和要挟。小说中，里沙子和丈夫间的一次重大冲突，是因丈夫怀疑她在哺乳期间偷吃巧克力而导致奶水不足。所有人都在说，"听说喝母乳长大的婴幼儿比较不会有气喘之类的毛病，而且母乳可以促进孩子脑部发育；母亲也会因为哺乳，降低罹患乳癌、子宫癌等几率……总之，哺乳可以让母子之间的羁绊更深。"[①]一直想换配方奶的里沙子只要

---

① 角田光代：《坡道上的家》，杨明绮译，浙江人民出版社，2020年，第30页。

想起"母乳能促进孩子的脑部发育"这句话,就会深感恐惧。"要是孩子因为我的缘故成了笨蛋,那怎么办?要是因为我的缘故,孩子不会念书、功课很差,怎么办?要是因为我……"①就在她因产不出奶水万分焦虑之时,身边没有人说其实配方奶也不差,所以一定得让孩子吸收足够的母乳才行,"因为母亲的身体就是有此构造"②。这位陷入到自责中的全职妈妈,在无人安慰的状况下,因丈夫一句"你该不会偷吃巧克力吧?"气得考虑离婚。而当她决心离婚,获取独立,找份工作、争取抚养权,开启自己的新人生时,蓦然发现,自己一无所有,"可以说全被阳一郎巧妙地夺去,我根本无处可逃。然而,其实是我选择温顺的舍弃,搞得自己毫无立足之地。"③母职制度有效地离间了她真实的身体感受与精神诉求,

---

① 角田光代:《坡道上的家》,杨明绮译,浙江人民出版社,2020年,第31页。
② 同①,第31页。
③ 同①,第345页。

如同理论家里奇（Adrienne Rich）所指出的，"这个制度——我们所知的人类社会的基础，只允许我以某些观念、某些期待来对待做母亲这件事"①。

女性解放历史上，激进女性主义针对"母性本能"有诸多反省。费尔斯通征用恩格斯对历史唯物主义的研究方法，提出"性的阶级"，认为生育关系是历史发展的根本动力。她相信，妇女受压迫的核心正是她们要生育和抚养孩子，并由此推论"孩子是由这种责任关系来定义的，在心理上是由这种关系塑造的；他们变成什么样的成年人以及制约他们成长的关系，将决定他们最终要建成的社会"②。

人类生育模式的改变体现在两个阶段：第一阶段，由于避孕工具的发明推广，生育与性生活得以相分离；第二阶段，生育与母体相分离。唯有生育

---

① Adrienne Rich, Of Woman Born, New York: W. W. Norton, 1979, p. 38-39.

② Shulamith Firestone, The Dialectic of Sex: The case for Feminist Revolution, New York: Bantam Books, 1970, p. 72.

抚养模式的改变,会带来下一代社会关系的革新。与之相反,一个男权社会中成长塑造出的母亲,最终只能将自己的悲剧复制到女儿身上。而这恰恰是发生在《82年生的金智英》中的悲催情节:母亲读完小学,就开始帮家里务农,十五岁起只身北上首尔打工供养两个哥哥读书。她一直期许女儿可以活出不一样的人生。及至女儿填报大学志愿,因还有年幼的儿子要抚养,母亲劝她报考学费便宜的师范。当母亲得知女儿最终顺从了她的意见,放弃了更好的前途时,禁不住趴在女儿书桌前放声大哭,"分不清到底是在心疼女儿,还是在心疼当年的自己"①。 小说中,类似的两代人之间不断重演的悲剧还有很多。大女儿出生之时,母亲哭着向婆婆不断道歉,体贴的婆婆安慰她道:"没关系,第二

---

① 赵南柱:《82年生的金智英》,尹嘉玄译,贵州人民出版社,2019年,第64页。

胎再拼个男孩就好了。"[1]待到金智英生出女宝宝,婆婆亦安慰她:"没有关系。"然而,"那些话听在金智英耳朵里很有关系"[2]。两代婆婆都貌似通情达理,可这些刺耳的安慰背后,存在巨大的不公平的预设——没有生出儿子的媳妇是有罪的。唯有生儿子,才能让一个女人昂首挺胸站在公婆面前,无愧地活在人世间。作家赵南柱注意到,在韩国,从上世纪八十年代起,鉴别婴儿性别和女婴堕胎之风持续蔓延,至九十年代达到巅峰,第三胎以后的出生性别,男婴比女婴多了一倍。[3]这也从另一面证实了全社会对于女性困境的高度共识——即便为了儿孙的幸福,也不要生出女儿让她来世上受欺。

---

① 赵南柱:《82年生的金智英》,尹嘉玄译,贵州人民出版社,2019年,第18页。
② 同①,第128页。
③ 同①,第20页。

费尔斯通（Shulamith Firestone）憧憬技术的发展磨灭两性生物学上的界限，让生育"不再具有文化上的重要性"[1]，从而阻断悲剧在一代又一代人身上的复制。她质疑了"名为母性的宗教"，雄辩地指出，"生育和养育孩子的欲望未必是'真正喜欢'孩子的结果，而更多地是以孩子作为'替代'，满足自我扩张的需要。对男人来说，孩子使他的名字、财产、阶级和种族身份得以不朽；对妇女来说，孩子证明她在家里的地位是绝对必要"[2]。十九世纪九十年代，英国母亲在孕育和哺乳上，平均要花费掉十五年时间；随着生育与性的剥离，这个数字在上世纪六十年代已经缩短到四年。[3] 时至今日，生育功能始终还是社会定义女人的终极

---

[1] Shulamith Firestone, The Dialectic of Sex: The case for Feminist Revolution, p. 12.

[2] 罗斯玛丽·帕特南：《女性主义思潮导论》，艾晓明等译，华中师范大学出版社，2002年，第144页。

[3] See Juliet Mitchell, Women: the Longest Revolution, New Left Review, 1966, Nov./Dec.

标准。母职,被描述成一件世间最伟大又无比美妙,不可亵渎的事业。金智英初婚不久就觉察到了男女在生育代价上的不对等,却依旧不能改变命运的不公。备孕期间,当丈夫劝她不要只盯着自己的失去,她也曾质问:"我现在很可能会因为生孩子而失去青春、健康、工作,以及同事、朋友等社会人脉,还有我的人生规划、未来梦想等种种,所以才会一直只看见自己失去的东西,但是你呢?你会失去什么?"[1] 当丈夫表示将来会帮着一起带孩子,她也曾怒吼:"能不能不要再说帮我了?"[2] 然而,她还是走入了被奴役的母职。就在她为了孩子付出一切,放弃了生活、工作、梦想之后,竟最终变成了别人嘴里的一只"妈虫"。

无论是矛盾体的《坡道上的家》,还是吵架体

---

[1] 赵南柱:《82年生的金智英》,尹嘉玄译,贵州人民出版社,2019年,第124页。
[2] 同[1],第124页。

的《82年生的金智英》,都对"制度化的母职"提出了尖锐的质疑,反叛关于"母职"的文化建构,试图捅破这个压迫性的神话。当听到外界质疑"你的体内没有母性本能吗?"时,必须认识到,像许多青少年无法安顺地渡过青春期一样,不是每个母亲都能可以抵御身心动荡安然度过育儿期,并不是每个母亲都会快乐,也不是每个女人都必须承担母职——但这绝不意味着做人的失败。不仅是性别需要更精密的划分,拥有"无穷差异性和普遍相似性"的女性群体内部,也同样需要更精致的分类。母亲的英雄主义,不仅体现在血汗交织的孕育与分娩,还体现在女性自身可以拥有的多重需求与多样化承担。社会可以继续向母亲唱诵英雄赞歌,但充斥着男性特质的"英雄"的词性有待修改——它同样涵盖着女性对自身和世界的体察与反省,包含着重建我们与自然秩序间亲密博弈的勇气。

"这一切有着远为激进的涵义, 等待我们去理解。"① 关于母性的革新，必定是更理想主义，更博学，更包容，也更可怕。这场激进的革命，无不通向乌托邦之途。皮尔西（Marge Piercy）在《时间边缘的女人》中构想了未来世界马塔坡伊赛特。那个世界消灭了私有财产和核心家庭，女性主动放弃了自然生育而选择社会化的人工生育。她们认识到自然生育是所有偏见和性别歧视的本源，而破除性的等级制，放弃她们专有的生育权，是隶属于这场漫长的妇女革命的一部分。在马塔坡伊赛特，每个孩子被分配三个母亲共同照料，权力关系的最初范式得以瓦解，"因为人工繁殖带来真正的爱心和无私的母职模式，它完全不同于那种交杂着怨恨和懊恼的矛盾情感，它也是人们始终可以自由选择的生育方式"②。

对女权主义最好的批评，往往来自于女权主义

---

① Adrienne Rich, Of Woman Born, New York: W. W. Norton, 1979, p. 31.
② 罗斯玛丽·帕特南：《女性主义思潮导论》，艾晓明等译，华中师范大学出版社，2002年，第104—105页。

内部（这大概也是男权学界傲慢的证明）。费尔斯通、皮尔西等的激进自由派女权主义理论，收获了来自激进文化派女权主义阵营的严肃批评。激进文化派女权主义者们批判道，女性绝不该抛弃或对抗她们的身体，生育力里蕴含了女性解放力。然而，这一批判显然延续了以生育为标准的女性价值判断，其思考还是在现有的权力逻辑内展开。对于激进自由派热衷的生育技术革新，反对者认为那反倒会巧妙迎合男性攫取生育权力的企图，最终导致对女性肉体更深的奴役。加拿大作家阿特伍德（Margaret Atwood）受此启发，写作了《使女的故事》。在吉列得共和国，生殖娼妓所出借的，是比阴道更深痛的子宫。阿特伍德用另一则完全不同的乌托邦故事，激烈反驳了激进自由派女权主义者们构想的社会化生育的乌托邦，警惕消灭私有制后，子宫从私有财产变成国有资产。

三、 没有终点的演进

这些乌托邦想象，连同女权主义激进的历史，似乎昭示着女性解放缺乏更现实的根本解决办法。然而真正的问题是，我们无法想象一个没有剥削女性的社会秩序。传统的伦理关系和价值体系，都建立在男性主体的基础上，男权社会是对现有世界立法的唯一想象。

任何真理和逻辑中均暗藏性别无差异的预设。[1] 性别的差异性在立法中被抹除，被遗忘。而存在于这一体系中的性别剥削，正是整个社会价值系统赖以维持运转的基础。在这样的结构性缺陷中，即便精神科男医生同情金智英，心疼在母职中荒废的数学天才太太，希望她们可以做真正想做的

---

[1] 露西·伊瑞葛来：《此性非一》，李金梅译，台北桂冠图书，2005年，第90页。

事——他看起来几乎快要加入女权主义阵营——一转身还是会暗自决定：再招女职员一定要找未婚单身的才行！

小说之外的情节同样精彩，几乎可以作为故事注解。据韩媒统计，《82年生的金智英》的读者中男性仅占22%[①]，小说改编而成的电影还未上映，门户网站上就已布满了恶意评分，女主演郑裕美更是频遭网络暴力的无端攻击。倘若没有价值观牵引出的法律和制度层面的改变，那么这样的社会还是指望不上，金智英们永远无法康复。

阿伦特指出自古希腊时期起，父权专制之下的私人领域就充斥着暴力。谁也无法预料，性暴力的下一个受害者会是谁？如果是我们自己或亲爱的人呢？即便幸免于诗织、林奕含所遭受的性暴力，远

---

① 来自教保文库的统计数据。教保文库系韩国两大连锁书店之一。转引自 http://www.hankookilbo.com/News/Read/201705220451805737。

离了伊纹所承受的家庭暴力,谁又能逃过金智英、里沙子每天忍受的隐形暴力呢?所有的恶意都并非有意,所有的伤害都理所当然,隐形暴力里没有手挥鞭子的施暴者,而那慈眉善目潜伏在日常生活中的看不见的鞭子,却在不知不觉中蚕食男权结构中的每一个男人和女人。

这些隐形鞭子甚至嵌入在字词属性、语法句式当中。诗织事后懊悔自己对施暴者竟一直使用敬语。强奸发生之时,自己说不出一句粗鲁的指责,只能用英语骂了句"What a fuck are you doing!";强奸发生之后,面对山口打来的电话,自己居然礼貌回应:"失礼了,再会。"她进而反思日语中的男权基因,女性面对比自己年长、位高的男性时,"可以使用的平等抗议性语句,我却无法自然而然地脱口而出。或许日语里原本不存在这样的语句"[1]。岂止是日

---

[1] 伊藤诗织:《黑箱》,匡匡译,中信出版集团,2019年,第37—38页。

语有问题。在韩国，MeToo 运动里的女权斗士们率先对赖以活命的语言和符号系统持不同政见；在非洲，尼日利亚女作家奇玛曼达大力鞭挞："有关婚姻的用语通常都是一种占有式的语言，而不是一种伙伴式的语言。"① 她们的后现代女权主义前辈，一早注意到法国工人阶级文化中内置的性别歧视——"法国中产阶级改革派用女性化的语言来描述工人阶级（服从、软弱、妓女般地受到性剥削）时，社会主义运动领导人立即用男性化描述予以回击（创造者、强壮、妻小的保护者）"②。波德里亚道破其中的玄机："从劳动话语到性别话语，从生产话语到冲动话语……性别被生产出来，正如人们

---

① 奇玛曼达·恩戈兹·阿迪契：《女性的权利》，张芸、文敏译，人民文学出版社，2017 年，第 24 页。
② Nancy Fraser and Linda Nicholson, Social Criticism without Philosophy: An Encounter Between Feminisim and Postmodernism, 转引自 Andrew Ross, The Politics of Postmodernism, University of Minnesota Press, 1988, p83 - 104.

生产一份文件那样"①。

语言的疆界,一直是性别的出产地。应战日常中的撒旦,是每一个女权主义者都可以作出的英雄事迹。发明语言,发明真理,走出陈旧的沟通模式,将男权的阴影从肌肤、感知、语言、生命中褪去。女性需要重新获得自己的主体性,在公共政治、道德价值、伦理秩序中重新建构女性想象。她们不止是妻,不止是女,不止是母,她们还是自在的主体;不仅提供独特的认知方式,还可以面对世界发出全面质疑的声音。

当巴特勒挑战弗洛伊德的精神分析,愤懑地指出乱伦禁忌和父权制是精神分析默认的前提。② 女性书写者们正在挥洒"女性力比多"③（那与身体

---

① 波德里亚：《论诱惑》,张新木译,南京大学出版社2011年版,第53页。
② 朱迪斯·巴特勒：《安提戈涅的诉求》,王楠译,河南大学出版社,2017年,第20页。
③ 法国的女性舆论家福克最早提出女性力比多的概念。简言之,女性力比多,就是女性的创造力。

感知亲密相联的深不可测的女性能量),去创造她们自己的文学传统。那是一场与自我秘密的相逢,书写不只是写作者的外部工具,更是筑入身心的人格发育。她们通过书写,参与到自身命运的设计之中。她们的自白、自省、自戕、自欺,浸渍出独特的语调和魔力,那份微妙不可言传,是语言世界里的女娲补天,是缺位已久的性别语言正被创造中的冲动。文字和肉身一道,碰撞拨弄自身命运的轨迹和时代精神的迁徙。"曾游历过大约六十个国家,报道过哥伦比亚的游击战,探访过秘鲁种植可卡叶的热带丛林"[1]的伊藤诗织,在遭遇性侵之前从未遇到过所谓的"危险"。书写的复仇中,她惊恐之余,发自肺腑感到震惊:"自己竟在这样冷酷的社会里,对一切懵然无知的生活至今。"[2] 她告诉我

---

[1] 伊藤诗织:《黑箱》,匡匡译,中信出版集团,2019年,第Ⅴ页。

[2] 同[1],第Ⅵ页。

们，真正的危险，潜藏在我们习以为常的"理所当然"里；"这个社会看似改变很多，可是仔细窥探内部细则和约定俗成，便会发现其实还是固守着旧习"，和作者赵南柱一样，无数个活着的金智英绝望地发现："这个社会根本没有改变。"[①] 她告诉我们，真正的不平等，埋伏在幸福的陷阱里；"毫无防备地接收连丈夫、婆婆和亲生母亲都没有察觉的小小恶意，拼命想达到他们的期望"的里沙子，反复问自己"两个人的关系对等吗？"问题来自于那巨大的背景板，挥之不去的隐约恶意，都是背景板的回音。她告诉我们，真正的掠夺，沉潜在女人的社会角色里。她们注定要跟当下较劲，跟未来博弈。这一份永恒的争论中，也包含了一番自我批评。

性别观念的演进，注定是一场充满辩证的，自

---

① 赵南柱：《82年生的金智英》，尹嘉玄译，贵州人民出版社，2019年，第120页。

我校正的，漫长的觉醒。它蕴含了对人类现有运行规则的永恒的讽刺。如何想象这样一个崭新的世界？一切需要被重新界定。全面革新对"人"的认知，以及人与自然、身体、语言、世界等的关系；重新建构性别分类，伦理秩序，道德法律的文化内涵，创造一种新型社会关系和价值系统，在平等中尊重差异，在差异中寻求平等。

殉道者,受虐狂与解放过去:
林奕含的幸存者文学

这是一场冗长的死亡。

林奕含对"人生不能重来"的理解是:"人只能一活,却可以常死"①。暴行,也许是这个世界上最接近永恒的事物,它让受害者永不前行,永远钉在恐怖发生的那一刻,一如莱维对集中营

---

① 林奕含:《房思琪的初恋乐园》,北京联合出版公司,2018年,第62页。

幸存者的观察——"任何曾受折磨的人永远受着折磨"①。

"一个人被监禁虐待了几年,即使出来过活,从此身份也不会是便利商店的常客,粉红色爱好者,女儿,妈妈,而永远是幸存者。"②《房思琪的初恋乐园》中,林奕含描写了一个13岁女孩和诱奸她的中年狼师(补习班语文名师)间长达数年的扭曲关系。一桩罪行,披上恋情的隐身衣。小说描写李国华第一次亵渎女童,一连用了六个"温良恭俭让",此后的猎艳中"温良恭俭让"亦时时在场,传统伦常几近成了他的伟哥。"她的羞耻心,正是他不知羞耻的快乐的渊薮。射进她幽深的教养里"③性侵发生之后,主人公多次提到教

---

① 普里莫·莱维:《被淹没与被拯救的》,杨晨光译,2017年,第40—41页。
② 林奕含:《房思琪的初恋乐园》,北京联合出版公司,2018年,第104页。
③ 同②,第66页。

养对她的妨碍，事实上"有教养者往往不知道如何还击"①。读者期待的"拳来拳往"始终没有发生；相反，面对极端侵扰，主人公失去了恨的勇气，取而代之的是不可理喻的爱的纠缠。在施虐和受虐中，女作家不断隐喻自己与文学之间的畸恋。

面对暴力究竟什么才是美德？文学又从何时起拥有了恶棍的名字？

写下来，挖出这一切的源头。

这部以台湾女作家亲身遭遇为原型改编的小说，在作者上吊自杀后，引发了世人的悲愤和文学界的珍重。一首哀感顽艳的绝唱，最深的嫌恶，与魅力、威慑力并行，持续而反复地将爱与恨的极限穿透；一场用暴力延续下去的恐惧与陶醉，性在其中成为了打破心理限度和内在界限的最锋利最顺手的利器。小说的出版在中国激起了一轮"米兔"运

---

① 普里莫·莱维：《被淹没与被拯救的》，杨晨光译，2017年，第147页。

动的风潮,引发了一场"性别大讨论"。这部遗作也迅速成为描写非正常两性关系的当代经典。当然,一切绝不是死亡带来的光环。

面对早在生命里播下种子的毁灭,林奕含说"我宁愿大家承认人间有一些痛苦是不能和解的"①。

一、 幸存者文学

"从那以后,每一次他要我含,我总是有一种唐突又属于母性的感激,每一次,我都在心里想:老师现在是把最脆弱的地方交付给我。"

——《房思琪的初恋乐园》

在这个作者自称"堕落"的文本里,教养沦为教唆,文学沦陷为深渊。主人公房思琪哀嚎道:

---

① 林奕含:《房思琪的初恋乐园》,北京联合出版公司,2018年,第183页。

"他们的事是神以外的事。是被单蒙起来就连神都看不到的事。[①]"背负罪感,哑声前行,这个精致的瓷娃娃,原本前途无量的资优生,最终崩溃失智,唯一会做的只剩下剥香蕉。整部小说中,让读者最难以接受的部分,是被诱奸的女学生对施暴者由恐惧转化而来的爱。当一个人真正进入到一段极端扭曲的暴力关系中,不管是集中营、地下室,还是任何一个日常生活所能碰到的最小型的极权社会,我们都可以发现,暴力者和受害者之间关系,无限接近于一段百转千回的恋情。双方的依恋纠缠,建立在深刻的片面认知和无限恐惧之上。

房思琪不断强迫症式地说"我要去爱自己的老师",另几位受害人(饼干、郭晓奇)也无一逃出"诱奸——罪感——依恋——被弃"的命运圈套。一个巴掌打下去,把"罪"和"爱"都给打出来了。

[①] 林奕含:《房思琪的初恋乐园》,北京联合出版公司,2018年,第91页。

怡婷，小说中能与房思琪用唇语交流的"灵魂的双胞胎"，在眼见好友因性侵发疯后，做出荒唐的举动——她跑到思琪和老师之前约会的小公寓，恳求老师强奸她，赐予她一份等额的痛苦。荒唐背后是荒凉。作为双胞胎中活下来的一个，怡婷同样背负了深深的罪感——"因为自己替代他人活了下来"①。思琪和怡婷，这对"灵魂的双胞胎"，恰好对应着奥斯维辛中的死难者和幸存者。

"内奸，压迫者，所有那些以某种方式侵害他人的人，是有罪的，不仅因为他们所犯的罪行，也因为他们扭曲了受害者的灵魂。"② 来听听奥斯维辛集中营中囚徒的心声："对一切都加以权衡，在所有问题上都很理智，所有的洞察力，所有的清醒的判断能力，所有这一切在那种情况下都无济于

---

① 普里莫·莱维：《被淹没与被拯救的》，杨晨光译，2017年，第82页。
② 同①，第40—41页。

事——在我心里总有一种偷偷的，对自己的荒唐有某种的羞愧的，以及越来越坚定的轻轻渴念的声音，这种声音挥之不去：在这个美丽的集中营我还有点儿想活下去的念头。①"在这场美丽的诱奸中，女孩还有点想活下去的念头。活下去，是唯一的声音，毕竟"死了就真不好玩了"②。为什么集中营是"美丽的"？为什么折磨可以如此精致？为什么非要"爱上老师"？一切莫过于——不如此就真的没法活下去。当面对无法承受的剧痛，我们总有一种对虐待自己的人说"抱歉"的冲动，仿佛是自己做错了事，才激得对方作出了残忍的伤害；不仅说抱歉，还要经常说谢谢，情感紊乱微妙到不可理喻，最后只有说"爱"——多亏了有"爱"，一切变得可理解可接受，多美多不可思议都可能，多扭曲

---

① 凯尔泰斯·伊姆莱：《命运无常》，余泽民译，作家出版社，2004年。
② 林奕含：《房思琪的初恋乐园》，北京联合出版公司，2018年，第203页。

多肮脏都可以。这便是"痛"与"爱"的天然生理连接。在长期性侵、家暴等这类持续性的极端虐待中,受虐的一方会在非人折磨的间隙里获得喘息,那是甘甜的解放,在暴击的缝隙中重新呼吸到生命的味道。这精心修饰的深刻的解放,远超庸常的日常经验之上,因而形成致命的诱惑。也许可以拿来部分解释,为什么那些受到侵害的人一而再,再而三的忍耐,比如小说中遭家暴的伊纹姐姐,一次又一次推迟自己的边界。某种意义上,这是人格遭遇极端凌辱下的一种心理保护机制,是萧条的意志下暂缓剧痛的吗啡,是人性深不可测的渊底探出的求生之手。受害者无法摆脱被迫害的诱惑,成为永远的受害者。

房思琪爱上奸污她的老师不是假装,不是不理智不道德不伦理,是从受害第一刻起,全世界都站成了她的敌人。早在百年前千年前,这列队就站好了。"他发现社会对性的禁忌感太方便了,强暴一个女生,全世界都觉得是她自己的错,连她都觉得是自己的错。罪恶感又会把她赶回他身边。罪恶感是古老而血统纯正的牧羊犬。"①

罪感,是人类群体最广泛的心理连接。一些时刻,它是罪恶的挡路石;另一些时刻,它又充当罪行的挡箭牌。治疗不公平的"罪感",牵动的是人类根深蒂固的道德神经。传统礼法,已沦为思琪活下去的障碍,人格和身体一样的柔软。受害者从被害的那一瞬间起就被"极恶"污染,他们的所有自救由此带上恶的基因,恶的伦理,恶的美学;他们从此紧闭嘴巴,唯有"爱上"这一套恶的逻辑。迫害她们的不仅仅是施暴者,更是这持续终身的不公。然而林奕含的全部努力,难道不是为了发出这撕破喉咙也没人听的呼喊——"世界上没有人应该被这样对待!"就像莱维最反对的

---

① 林奕含:《房思琪的初恋乐园》,北京联合出版公司,2018年,第81页。

"我们都是受害者或凶手,而我们自愿地接受这些角色"①。

"世界上最大的屠杀不是奥斯维辛,而是房思琪式的强暴。"在这场大规模屠杀中,究竟谁是"常规",谁是"例外"?有多少不可表达、无处表达的羞耻?多少作为帮凶的罪恶感?多少从未被合并同类项的私人酷刑?多少"被淹没的",多少"被拯救的"?

2017年4月27日,26岁的天才美少女作家在家中上吊自杀。人们推测她去世的原因是童年被性侵引发的抑郁症,同时与这本遗作也不无干系。事实上,书出版不久便引发了不小的争议,有人甚至质疑她的实际经历跟书中描述人有出入。这再次印证了:《房思琪的初恋乐园》实在是一部"幸存者文学"。幸存者从来都不是一次性被杀死的。幸存

---

① 普里莫·莱维:《被淹没与被拯救的》,杨晨光译,2017年,第46页。

者在这个社会上要经历的,就是不断被杀死的通关,这一关你侥幸活过来了,下一关又有新的杀手,这是幸存者无从逃避的命运。林奕含挺过了致命的童年,之后的生命依然四面杀声。书里有她对抗毁灭的全部的力气,也有她创造出的回忆——事实上,所有幸存者都面临同样的问题:他们的叙述、回忆跟事实版本之间一定存在偏折,这个偏折可能招来新一轮杀戮。身边的人、朋友、亲人、陌生人——他们对于痛苦的理解和当事人完全不在一个层级上,他们的道德判断必然两样。变节的同类,威胁更甚。受害者必须要冲破二次屠杀,三次屠杀……然而,个体的力量何其微弱,这也是为什么那些奥斯维辛集中营里走出来的幸存者后来多数选择了自杀。以一己肉身,去冲破这层层杀戮何其侥幸。唯有整个社会形成普遍的共识,在文明上有所进化,对于暴力的理解有所觉醒,才有可能给个体更多呵护、爱惜,为他们的未来生活放行。

诱奸者和受害者，监狱长跟罪犯，猎食者跟猎物，种种此类关系到头来都会伪装成爱的模样！这是一种自我保护，也是一种自我伪装。当李国华第一次性侵房思琪时，她就成为了自己的赝品。从这一刻开始，那个不断长大的她，那个光鲜美丽的她，那个好成绩的她，都是伪装的自己；而真实的自我，早已在某个极端的封闭空间里停止了成长。"我的整个生命就是建立在思索这个肮脏的事情上"——通过反复的纠缠，去不断厘清这肮脏的暴力，这才是真实自我要做的唯一正事。

二、 黑教堂与地下室

"我想成为一个对他人的痛苦有更多想象力的人，我想成为可以告诉那些恨不得精神病的孩子们这种愿望是不对的那种人，我想要成为可以让无论有钱或没有钱的人都毫不顾忌地去看病的那一种人,我想要成为可以实质上帮助精神病去污名化的那一种人。"

——林奕含在婚礼上的发言

中国人对于悲喜的感觉向来比较浅薄。我们讲究的是"乐天",对于"痛苦"本身并不珍视。与之形成对比的俄罗斯文学,则存在大量的"地下室作品"(尽管只有陀思妥耶夫斯基一人写了《地下室手记》)。他们对痛苦的承受和探讨是惊人的,这些文学式的体悟最终顽强地渗透进民族性格中。汉文明始终回避对痛苦的发掘,以及对于痛苦创造力的认可。中国文字的疼痛经验,是用轻灵的感知将其意蕴化,或曰遗忘。以冲淡为上乘,缺乏西式的痛击的文字。痛,在雅文化之外。即便古典式中国复仇,也都是另一种知音传统。西方则落脚于基督教的罪感与惩罚。直至"现代性"狂扫那静而恬淡的古典生活,疼痛开始成为一种"嗨",一种表达上的致幻剂,将原罪引向虚无的迷途,以获得片刻轻盈的假象。

现代性并非一味"求真"的文明。它推崇某种优于真的"假"——因为"真"是永不能到达的,而优秀的"假"却可以习得,买得,用得。中国在经受了"现代性"的凌霸后,背卜了沉重的精神负担,失去了轻灵之身,连享乐纵欲亦是一种劳作和革命。这种疼痛哲学,又反过来塑造了中国人的体质,某种意义上,它是打通儒释道的法门。林奕含把"痛苦"这件事翻来覆去、抽丝剥茧,塑造成了一个具有生命力的完整存在。房思琪的初恋乐园,就是她的痛苦嘉年华。它极大释放了痛苦的魔力及想象力。它萃取出痛苦的含金量。这具体且剧烈的性别之痛,也将渗透进中国现代女性的体格和人格之中。

这番连接形而上精神和身体本体的"痛感",绝不仅仅单方面源自施刑者。面对这份充满书写价值的痛，我们不能忽视受害者主动性的一面。在房思琪跟李国华之间，始终存在一种创造力的博弈。黑格尔认为恶是"乏味的，无意义的"①，直至黑色浪漫派发掘了"恶"作为文学对象的美学。那么，暴力是不是有创造力的？受害者又如何创造心理平衡？"爱"与"恶"的齿轮如何咬紧？这场持续多年的虐待，像一台无比精妙的器械，在不断的赏玩、推进当中，一个重要动力就是暴力者跟受害者之间创造力的较量。与毁灭的对抗，成为某种竞技。

当笔墨涉及强奸小女孩的惯犯李国华，作者忍不住发出嘲讽的声音："邪恶是如此平庸，而平庸是如此容易，爱老师不难。"②此言一出，闻者心痛，因其更像一个人无计可施时的挑衅与辩驳。平

---

① 彼得-安德雷·阿尔特：《恶的美学》，任英译，2015年，第1页。
② 林奕含：《房思琪的初恋乐园》，北京联合出版公司，2018年，第62页。

庸之恶,连地狱都不收留——他们根本配不上那个富于创造的、极端的地狱。大多数人都滞在人间。林奕含写出了一个天堂般的地狱,它太过精致——金碧辉煌的地狱,精雕细琢的痛苦。

"忍苦体行(suffer through)真理,亦即透过一个痛苦的内在解放过去。"[1] 这是殉道者普遍拥有的某种神圣的受虐心,火刑柱上遗留下来的基因。它超越了快感原则,无关利益,是带人飞升的绝对力量。在千疮百孔的至痛之中,建立一座伟大慑人的教堂,重塑信仰且创造圆满。《房思琪的初恋乐园》堪称两性暴力关系的启蒙之书,它构建了一个亲密关系中的奥斯维辛,洞穿了施暴者和受害者之间情感的极限。

在这样一座每一块彩色玻璃都滴着鲜血的,用痛苦精心砌成的黑教堂里,一个过客无法用一句

---

[1] 以赛亚·伯林:《俄国思想家》,彭淮栋译,译林出版社,2011年,第 vi 页。

"那是另一个时代的事情"或"那是别人的事情"将惨剧打发,心安理得。

三、"文学"的辜负

"我已经知道,联想、象征、隐喻,是世界上最危险的东西。"
——《房思琪的初恋乐园》

文学一直致力于打破社会和人性的假设,以及一定时期相对有效的信念。是文学支撑了房思琪"最低限度的尊严";是文学"在一个最惨无人道的语境里挖掘出幽默"[1]。笔者之所以推崇《房思琪的初恋乐园》,就是因为其女性解放斗争的层次更深了一层。诱奸发生之后,作者林奕含不满足于

---

[1] 林奕含:《房思琪的初恋乐园》,北京联合出版公司,2018年,第198页。

在法律、道德或现实层面"讨个说法",她讨说法一直讨到了浩浩汤汤的文化源头。"被文学辜负了"的林奕含,选择跟这套本身有缺陷的文字体系较劲。

《房思琪的初恋乐园》可以概括为一个向文学呼救之人,最终被辜负的故事。主人翁是一个在譬喻里生活的女孩,在经历了性暴力之后,企图通过写作,用墨水稀释自己的痛感。世间万物都在言辞的反射中确立,产生变形和谬误,生出浪漫和无限。房思琪有给过去的日记作注释的习惯;而整篇小说,撇开对其真实度的考量不论,我们完全可以将其看作对这场惨剧的完整注解。一切在第一章时就宣判了,落幕了,后面是毫无悬念、毫不含齿的尽情铺展那最丑陋的一刻。所有接踵而至的文字,都是惨剧的重新到来,是对其重新解释和理解,处处洋溢着作者对悲剧的心得。

到头来,人们发现施暴者都有可理解的一

面——是我们的文学传统赋予了他们这样的理解；唯有受害者是没理由的，没来头的——我们的文字体系中尚无她们的发音。如同天上掉下来一个雷，后面怎么康复是她们自己的事。她当然可以选择以复仇的方式去康复，但如何复仇，则又有了正义和非正义之分。一个受害者当然也有权力选择丑、脏、恶，因为实在没有比诱奸更丑、更脏、更恶了。然而作者最终选择了用美了结一切。

这部书中处处可见对文学的隐喻，有时候作者甚至会把这个侵犯她的野兽老师譬喻成文学本身。这是无力的告白，也是无用的控诉。当一个小女生从13岁开始就面临这样不可告人、无处排解的深渊，她所有的焦虑和求生的一线希望都托付给了她最信仰的文学。而最令她痛心疾首的是，"一个真正相信中文的人，他怎么可以背叛这个浩浩汤汤已经超过五千年的语境？为什么可以背叛这个浩浩汤汤已经超过五千年的传统？"

诗歌界这几年一直在提新诗百年传统，能自觉活在从白话文到今天这一百年的语境中就已经相当了不起，扪心自问有几人能够像林奕含这样生活在五千年浩浩汤汤的文字语境当中。以字为生、以书为食的文学圈中人，每天红口白牙地谈着文学，文学从一种信仰变成生活方式，渐渐地也就对文人免疫了。究竟怎样才能对得住五千年浩浩汤汤的文学信仰？林奕含是凿实生活在这语境之中的人。她工笔画般的文字，是张爱玲的嫡传，虽然她一点也不刻薄，连犀利都是乖乖女式的。罕见的，是她和文字纠缠的天分；更罕见的，是她对文字的卖力。作者下笔，每一笔都太认真，同行瞥见这力道会黯然羞愧，会为她使这么大劲儿暗自心疼。

一部绝笔，字字珠玑、字字诛心。

林奕含说："学文必须强壮。"

"文学"跟"人"之间的相互调戏，实在是要命的。大不必字字都动真格。然而，林奕含都真刀真枪地对抗，没有一笔在应付。剔骨切肉，痛入骨髓，这才焕发出了极端的魅力。文学究竟有没有辜负我们？如此尖锐的质问，只有她这样的文学圣徒有资格来提。她的思维方式是脑子里不断造句子，不论想什么，出现的都是画面配句子。她跟文学是真正的生活在一起，生死托付。

她在简介中介绍自己的梦想是"从书呆子变成读书人，再从读书人变成知识分子"。"批判性思维"被西方当作知识分子最重要的特质；而中国古典式知识分子最经典的形象就是书呆子形象。这位古典式的女书呆子，她痴绝的文学姿态是"尾生抱柱"式的。《庄子·盗跖》有云，尾生约了一女子某年某月某地见面，到了那天他去桥上等，结果人没来，天下大雨，山洪暴发，他为了守信，坚决不撤，抱紧柱子，直到水越涨越高把自己淹死也没离开。林奕含在文字中的至死方休和尾生抱柱异曲同工，她抱紧文字，抱紧那个高古的墨中世界。她因而"相信一个可以整篇地背《长恨歌》的人"①,又岂知《红楼梦》《楚辞》《史记》《庄子》,一切对李国华来说就是四个字——"娇喘微微"②。

不是文学杀人,是文渣害人。

"李国华压在她身上,不要她长大。而且她对生命的上进心,对活着的热情,刘存在原本圆睁的大眼睛,或无论叫它什么,被人从下面伸进她的身体,整个地捏爆了。"③ 伊纹帮思琪和怡婷建立起文学信仰和精神品位,李国华阻断这一切。某种意义上,伊纹代表了那个精致的被打断的文明,而李国华是插进来的暴力——插进的不仅是她的童年,插进的也是文学的胴体,这浪漫文学时代体内的粗鲁阳具。我们这个世界的文明发展就是这样被暴力一次次地打断。

---

① 林奕含:《房思琪的初恋乐园》,北京联合出版公司,2018年,第133页。
② 同①,第149页。
③ 同①,第70—71页。

文学的式微，不仅是时代的文学性消失了，人性里的文学性亦在急速磨灭。

执迷于这深刻的灾祸，文学作为拯救者（抑或理想伴侣）表现出的无能让她深深失望。当她怀抱绝望，逼近文学休克的龙卷风眼，那些浑身上下毫无文学性的人，却正生龙活虎地进入历史。

四、 谁来书写？

"你要经历并牢牢记住她所有的思想、思绪、感情、感觉、记忆与幻想、她的爱、讨厌、恐惧、失重、荒芜、柔情和欲望，你要紧紧拥抱着思琪的痛苦，你可以变成思琪，然后，替她活下去，连思琪的份一起好好地活下去。"

——《房思琪的初恋乐园》

我们的文学中充满了伟大的引诱者形象，而伟大的受害者形象却一直缺席。

书写权的争夺,是最终的战役。二战中党卫军对历史书写权的自信,给了集中营囚犯精神上的最后一击:"不管这场战争如何结束,我们都已经赢得了对你们的战争。你们没人能活下来作证,就算有人能幸存,世界也不会相信他的话……集中营的历史将由我们来书写。"①

如莱维观察到的,集中营的历史几乎全都由像他自己那样从未彻底探究过集中营最底层的人们书写,"而那些体验过最低层生活的人,很少能够生还,即使幸存下来,他们的观察能力也会在苦难折磨和缺乏理解中消磨殆尽"②。苦难足以耗尽一个人全部的身心。同样的理由可以解释,涉及性侵的叙事几乎全部由局外人和诱奸者主导。极少有

---

① 普里莫·莱维:《被淹没与被拯救的》,杨晨光译,2017年,第1页。
② 同①,第9—10页。

"被捅破""被刺杀"的直接受害人,在经历了无可救药的痛楚之后,重新肩负对他人的责任,拿起笔来,赤裸地把一个受害者的全部身心暴露给世界。

这一次,洛丽塔自己拿起了笔,书写了另一个截然不同的洛丽塔的故事。与我们过去读到的诱奸者诉说的"壮丽的高潮""史诗的诱奸"① 截然不同,这是一种不可替代的受害者的"控诉体",满纸布满压抑的呐喊,那种你明明想跑过去砍他一刀,却还不得不对他微笑,不得不对他说晚安。小说的最后,精神导师伊纹鼓励幸存者怡婷写一本"生气的书"②,为了让能看到这本书的人,"不用接触,就可以看到世界的背面"③。

这一次,文学没有再辜负她。有起死回生功效

---

① 林奕含:《房思琪的初恋乐园》,北京联合出版公司,2018年,第42页。
② 同①,第221页。
③ 同①,第222页。

的文学，拥有暴风雨般力量的文学，通过重述苦难，去打败陈年的伤害与仇恨，重新获得一种对历史的解释力与解放力。犹如当年马丁·路德·金对三K党暴行所说的："当我们获得自由的时候，我们将唤醒你们的良知，把你们赢回来。"赢过来，是林奕含对义学的期待，把良知赢过来，把受害者的罪恶感扔出去，把堕落的世界赢过来，回到理想光芒下的文学的时代。

奴隶制度、集中营惨剧已在历史上翻篇，然而这种嵌入在人类情感中的黑洞，却是始终存在的诱惑与威胁。奥斯维辛之后，暴力渗透到日常之中，在亲密关系里不断复发。两性关系之恶，已借由千百年的男权政治沉入到男男女女的情感湖底。

什么是善的两性关系？以及所有政治哲学中最核心的问题"为什么我要遵从你或其他人""什么是义务、权力、公正、平等？"房思琪发出两性世界里的天问:"什么样的关系是正当的关系?在这个你看我我看你的社会里,所谓的正确不过就是与他人相似而已。"在这场关于两性暴力的全新书写中,受害者扮演了启蒙者的角色——真正的启蒙者必须要有殉道精神。林奕含因其对文字无比信仰,在"文字教"里拿自己的肉身献祭。

这也是为什么这本书如此蜇人。无论任何时代,用血写成的文字和唾沫喷出的言辞怎可相比?那些通过贩卖丑陋价值观,不断煽动社会情绪获得流量的,都是文化上的"芙蓉姐姐",以为丑就是厉害,无耻是唯一的武器。林奕含完全不同,她是另外一个极端,极致的完美主义。如此残暴的事情她都处理得那么精美,她对文字的态度太美了,她自己也美。

这一场书写,是最肮脏堕落的泥潭中,美的飞驰。

一个受虐的女神,同时也是自我献祭的女神,不断地被这个男权社会千百次的摧折。今天我们可以说是踩着她的裹尸布在前行。她的裹尸布铺就了我们通往文明、通往觉醒、通往两性平等的道路。

我们终将毁于我们热爱的事物："真理瘾君子"赫胥黎

无论历史领域,还是艺术领域,太过超前的东西都是要上绞首架的。

文学世界里不乏这样早到的英雄。天才有时就是怪物,世人一旦中毒,便被迫卷入他们探寻真理的智力角逐。与被誉为"反乌托邦三部曲"的另外两位作家——写《1984》的乔治·奥威尔和写《我们》的扎米亚京相比,阿·赫胥黎虽名气稍逊,却是一位天才加通才的学者。

多才多艺是天赋，也是诅咒。正如万邦国中的亥姆霍兹，因此而"痛苦地意识到自己的独特与孤独"，小说写成预言书的阿·赫胥黎，若生后有知，见到今日之世界，恐怕亦要自嘲：对于真理的过度占用，"这种罪过跟贪婪和酗酒应同样受到责备"。

一、天才与瘾君子

阿·赫胥黎的哥哥叫朱利安·赫胥黎（他们还有一位同父异母的弟弟安德鲁·赫胥黎获得过诺贝尔医学奖），同样是生物学家和作家，上世纪四十年代就翻译、出版过他的著作《奇异的蚂蚁》《生命与科学》等。早年间很多出版物都没有标清是哪位赫胥黎的作品。

出身知识分子精英世家，就读于伊顿公学和牛津大学的阿·赫胥黎，逃避不了自己的贵族血统，不可救药地沾染上精英气质。后人尽可以追慕那些个辉煌又荒唐的往昔——始建于乔治时代的贝里奥尔学院，一群人在那里高谈阔论，仿佛真理在握；在香槟中划艇，听爵士或民谣，以及诵读拜伦、乔叟的滑稽情景，仿佛全世界最聪明最漂亮的人都聚集在这一间华丽的客厅。那种放浪、颓靡又严肃不堪的智力生活，是叫人中毒和上瘾的。

生活中的阿·赫胥黎是个像王尔德和萧伯纳一样的大高个子。他"屡次前往伦敦"，常年混迹于以伍尔夫为核心的"布鲁姆斯伯里圈"——一个号称"无限灵感，无限激情，无限才华"的英国知识分子小团体。他与劳伦斯、托马斯·曼相交甚笃，几乎不与美国作家来往，却与好莱坞明星打得火热。生命的最后二十五年，赫胥黎在美国度过。他在好莱坞的米高梅公司，把《傲慢与偏见》改编成电影并大获成功，不时会有数千美元进账，他在英国的版税也高达每年四千英镑。然而，他本人坚称

"看不出物质进步有什么必要,除非它能推动思想前进",逐渐沉湎于印度教、神秘主义,参加灵修会、降神会,并持续嗑药到死。

英国学者默里曾经这样概括赫胥黎的哲学:"可以使世界变得好一些,但只能是在使我们自己变得好一些的前提下。"[1] 不难理解为什么赫胥黎会渐渐潜入通灵会、神秘主义与心灵哲学的迷雾,并成为一位深度的瘾君子。人类求道,无外乎两条路——向外求和向内求。赫胥黎里里外外修炼自我,意欲打破天人之际,"理解那不可理解的整个宇宙的机关"[2] 致幻剂,在他看来不仅是药品,更是权力。大概源于亲身体验,在《美丽新世界》中,他虚构出一种综合了基督教和烈酒长处的化学药物,这种药品"既能制造奴役,也能推动自

---

[1] 默里:《赫胥黎传》,夏平、吴远恒译,文汇出版社,2007年,第5页。
[2] 阿尔多斯·赫胥黎:《水滴的音乐》,倪庆饩译,花城出版社,2016年,第2页。

由",药瘾是关键。如今,这番噩梦,正在梦想成真的途中。减肥都可以成为宗教的今天,操控者不再"仅仅依靠谈论奇迹或用符咒暗示神秘",他们已然可以通过制造自由的幻觉,令其臣民身心愉悦地被愚弄。

和大多数英国传统文人一样,阿·赫胥黎也十分毒舌,他说:"一切艺术都可以沦为手淫的工具。"[1] 很少见到像他那般坚硬的文字和凶狠的思想。作为坚定的人文主义者,他笔下不写生活的鸡毛蒜皮,而在做工业文明的反思,用反讽的方式批判科技化集权化的社会,那种反讽一不小心就成了预言。他时常离经叛道,是一位令人不安的预言家、睿智犀利的讽刺者、百科全书般的学者,以及整个星球的批评家。语言中利刃纷纷,他对人群偶尔发出的赞美,如果不是带有侮辱性的话,至少也

---

[1] 阿尔杜斯·赫胥黎:《赫胥黎自由教育论》,潘光旦译,商务印书馆,2014年,第68页。

是一种体谅怜悯。若说《1984》中，一个人是否清白，要看他能否承受住痛苦的考验；那么《美丽新世界》，无异于将"幸福"作为一剂毒针。

二、浴室里的教堂

阿·赫胥黎的作品早在上世纪四十年代就有出版，其影响虽赶不上他的祖父老赫胥黎，但很受学者潘光旦的推崇。1946年，商务印书馆出版了潘光旦翻译的《赫胥黎自由教育论》，两年后，上海中华书局又出版了任道远翻译的《科学、自由与和平》，并作为书局《新中华丛书·学术研究汇刊》的一本。上个世纪八十年代以来，阿·赫胥黎代表作《美丽新世界》频繁印刷，版本多得惊人，目前尚没有权威译本的定论。与此同时，大陆还出版了短篇小说集《神秘的微笑》，长篇小说《旋律的配合》，并再版了《赫胥黎自由教育论》等。台湾翻译出版了《天才与女神》《众妙之门》等书。然而，这些仅是其一生著作的九牛一毛。像这种辛辣点戳国家要穴的预言家，我国的文学教科书对此人几乎绕道而行。高产的赫胥黎，还著有《铬黄》《男女滑稽圆舞》《光秃秃的树叶》《点对点》《加沙盲人》《几个夏季之后》《时间须静止》《天才与女神》《岛》等诸多小说，同时写作社科文论《猿和本质》，另有游记《跨越墨西哥湾——旅行者日记》《沿路见闻录》等。可惜这些作品鲜有翻译，知音寥落。作弄出惊世禁书《劳顿的魔鬼》的赫胥黎，对此冷遇大概不会太吃惊。这部非虚构历史传奇里，他描述了一个十七世纪集体爆发歇斯底里症的法国小镇。故事中，牧师的结局是被当作魔鬼烧死。从中世纪走来，人群对于邪恶的寻找和对疯狂的沦陷从未懈怠。相较于火刑，群氓对布道者表示冷漠，已是莫大的优待。 2016年花城出版社翻译出版了赫胥黎作品《水滴的音乐》。这部南京大学倪庆饩教授翻译的随笔集,某种程度弥补了我们长久以来对赫胥黎的蓄意冷淡。

查尔斯. M. 赫尔墨斯曾评价说"他清晰描绘了二十世纪人类整体精神中理性与道德的缠斗"。赫胥黎的时代,经历了从机械化的鼎盛到电子化的发端,《美丽新世界》中的人物,大量引用莎士比亚戏剧来说话,似乎是以人文主义的代表莎士比亚,来对抗工业化时代的代表"福特"。如果说赫胥黎的预言小说像一只望远镜,他的随笔则如一只高倍放大镜,从一个微小的细节开始,进而放大升华到旁观人类的指点与希腊式的哲思。

正如戴克里先皇帝浴室里的一间,足以改造出一座大教堂。赫胥黎众多著作中的小小一本,就足以叫人陷入无穷无尽的忧虑深渊,迫使我们去思考所处世界的荒谬。因为——"如果没有反省与思考,任邪恶恐怖的罪行降临到别人身上",终有一天,未来会报复我们,让我们亲自温习这苦难。

三、 天鹅绒监狱

如果说"一代人的冷峻良心"[①]奥威尔向世界亮出的是手术刀,赫胥黎则给世界留下了一个叫人毛骨悚然的微笑。

《美丽新世界》中,赫胥黎虚构了一个比《1984》有过之无不及的可怕世界——福特纪元632年的万邦国。在那里,人类白蚁一样重建了自己的生活,那时的信仰将不是上帝,而是以汽车大王福特喻意的"福帝"。人天生被分为 α、β、γ、δ、ε 五个等级。人工授精生产成为主流文明,婚姻家庭是野蛮的,性是随意的。低等级的人,从胚胎阶段即开始培养他们从事底层艰苦的劳作,并靠一种叫"索玛"的药品来保持精神愉悦。他们将

---

① 杰弗里·迈耶斯:《奥威尔传:冷峻的良心》,孙仲旭译,新星出版社,2016年,第18页。

一生如此，永无改变。一切以往的文明都被否定，莎士比亚的作品成了禁书。社会的箴言是"共有、统一、安定"。十七年后，赫胥黎在伊顿公学的弟子奥威尔，在他的政治讽刺小说中，设计了著名的真理部口号："战争即和平，自由即奴役，无知即力量"。《1984》中流行的是惩罚性的统治术，《美丽新世界》则是永不停歇的消遣——"直升机交通，电磁高尔夫球，真空震动按摩机，性激素口香糖，老年状态消失，芳香乐器，感观电影"[①]。在这些幸福的教唆下，逐步形成整齐划一的社会组织，系统的种姓制度，通过填鸭式说教泯灭自由意志，进而达到奴役的合法化。万邦国，一种曼妙的死亡之景。所谓和谐，就是惩罚。在赫胥黎描绘的可怕未来，自由成为幸福的最大敌人，人们将自动自发走向奴役之路。

---

① Aldous Huxley. Brave New World Revisited, New York: Harper and Row, 1989, P.3.

在这些"有组织的疯狂"和"被批准的犯罪"中,赫胥黎最不肯放过的,是庸俗的文化娱乐。"奥威尔担心我们憎恨的东西会毁掉我们,而赫胥黎担心的是,我们将毁于我们热爱的东西。"[1] 他在《水滴的音乐》中的尖锐批判,给《娱乐至死》等书开了先河,文化快餐能让人像吸烟喝酒一样成瘾,民众一天不欣赏肥皂剧、不听大众广播就会觉得浑身不舒服,"数不清的观众消极被动地沉浸在废话温水浴里。对他们不要求付出智力,也没有参与;他们只要坐着把眼睛睁开就行"。[2] 而这些只会造成一种"丧智状态",以及道德上的低能。不但不能启发民智,反而形成一种统治。

一切都向着法西斯的方向发展,绝无半点停留。曾几何时,人们也曾迷恋于智力性的消遣。然

---

[1] 尼尔·波兹曼:《娱乐至死》,章艳译,广西师范大学出版社,2004年,第5页。
[2] 阿尔多斯·赫胥黎:《水滴的音乐》,倪庆饩译,花城出版社,2016年,第10页。

而现在，热爱观看阅兵和行刑示众的罗马公民们回来了。丧失了自娱能力的大众，像泡在温水浴里的青蛙一样，任由他人推销商品，推销希望。他们好像"永不被任何真相所感染，仿佛真相是熏臭难闻的"。

比起邪恶的天才统治社会，更可怕的是，愚蠢的人占据社会。赫胥黎一早意识到"通往美丽新世界，路程最短也最广的一条路，就是人口的过剩"。 2016年全球人口总数达到七十二亿，这比赫胥黎预测的五十五亿还多出了十七亿。科技的进步愈发导致了权力的集中，用丘吉尔的话说，"从未见过如此之少的人以如此之手段操控如此之多的人"。赫胥黎本人在写作《美丽新世界》二十七年之后愈发绝望，写出《重返美丽新世界》。这本书中，他预言了的"历史的倒转"——曾经的英格兰转变为民主政体，仍保留着君主制的外衣；未来的世界将成为君主制国家，却披着民主的外套。如果将《1984》与《美丽新世界》相结合，得到的就是如今的《天鹅绒监狱》——一种新型的非暴力的极权美学，由"军用"或"强硬"转向"民用"或"温和"，用非暴力的手段，操控大众的思想与情感，如同最精明的小说家，深知狡猾的艺术，每天惦记去挠市民的痒痒肉。民众难以抵抗统治者对他们头脑为所欲为的侵犯。

较之于这一切，"最大的战争和最愚蠢的和平"，都是叫得凶、咬不狠的狗。真正令人惊惶的危险，从内部滋生。粗糙刻板的独裁体制，已然变得日益精致，甚至性感。"思想操控法"的受害者，身处天鹅绒监狱中，等待着幕后独裁贩卖给他们狗粮与毒药。

四、一种"精心合宜"的消灭

尽管大多数历史时期，"道德家喜欢吹嘘他那一代人是自该隐以来道德最败坏的一代",绝大多数知识分子大概还是会感慨"从未有过比他们的趣味更糟糕的一辈人"。怀疑论者,号称"达尔文的猎犬"的托马斯赫胥黎说"物竞天择,适者生存",而经历了一战、二战和苏联的大清洗的阿·赫胥黎说:"我不要舒适。我要神,我要诗,我要真实的危险,我要自由,我要善良,我要罪孽。"如今知识分子多在反思老赫胥黎的口号,此话打开了社会达尔文主义的潘多拉魔盒。面对着《水滴的音乐》一书,只想我们误读了爷爷,但愿能放过孙子。

然而,一个深度变态的社会,大众精神基本无能,要"向凡人呈现上帝的道路",这样的努力是注定的失败。阿·赫胥黎也必将迎接属于他自己的失败——事实上,他一直在被有条不紊地消灭着。

按他自己的说法,"将物品精心保存就必须相应地有将它们精心合宜地毁灭的办法,要不然世界就将被成堆的古物所淹没……人类会被多年不可忍受的积累所窒息"。[1] 面对无法容纳新书的地下书库,赫胥黎曾放话希望1970年博德莱图书馆的馆员有勇气决定将馆藏"付之一炬"。[2] 也许是为了亲测他的理论,也许是为了逃避被他深邃忧虑所窒息——这些文明积累起来的证物——赫胥黎逝世的前两年,一场突如其来的大火席卷了他的家。他绝大多数的文件档案,连同劳伦斯的手稿、伍尔夫的书信、纪德的签名本以及他祖父的初版书一道化为灰烬,仿佛上帝要把他的一切都从地球上轻轻抹去。

---

[1] 阿尔多斯·赫胥黎:《水滴的音乐》,倪庆饩译,花城出版社,2016年,第13—14页。
[2] 同[1],第13页。

过时与重生：
成长中的泰戈尔

> 他炉火纯青地摆弄陈词滥调，并从其他更恶俗的滥调中夺回了诗歌的观众。
> ——题记

泰戈尔的诗行，一向高朋满座。

春和景明的诗句间，多的是不请自来的读者，落英缤纷的子弟，及络绎不绝的争议。这不可谓不殊圣。诗乃法器一种。勾起争议是魅力，在任何时代都能持续引发巨大争议，则是一种魔力。

百年来，世人用各种误会的方式爱着泰戈尔。这位有着圣人面相的潮流之子，他不属于在精致修辞和对句间表演特技的杂技大师，也绝非怀揣火药和新知的领袖斗士。意外的是，历史让他在一次次翻译和舶来中，扮演了比之更为鼓噪和深远的角色……

一、 迎神与驱傩

多年以后，泰戈尔卧床不起，依然记得在中国度过的那次生日①。当晚的协和大礼堂名流云集、笑靥交映，如同一颗芬芳夜明珠，引逗着京城一等一的才俊佳人。这个乱世中的曼妙之夜专为他而

---

① 侯传文：《寂园飞鸟：泰戈尔传记》，河北人民出版社，1999年，第253页。

来。俏艳的陆小曼亭立在礼堂门柱前,积极分发着剧目册页。四方宾客怀揣新月社请柬款款而入。坊间交耳相传,为了排演这出泰戈尔名剧《齐德拉》,新月社同人们疯魔了好几个星期,从布景到服装、道具种种开支用度惊人。正式开场前,主席胡适操着黑白电影对白式旳老派英语,致辞欢迎这位从印度远道而来的文学巨子,他手一抬,代表知识界慷慨送出十九幅名画和一方古瓷贺寿。欢呼声未平,他又郑重不失诙谐地宣布,梁任公今日给泰翁新取一中文名,竺震旦。来自崇拜者们的鲜花礼物掌声几乎让泰戈尔应接不暇,他彬彬有礼地起身上台致谢并发表演讲。紧接着,丝绒大幕徐徐拉开,冠绝无二的林徽因,初登台便惊艳四座,被赞"服装特出心裁,奇美夺目"[①]。戏台一亮,大鼎、神座、朱红殿柱,光是这梁思成匠心打造的布

[①] "竺震旦诞生与爱情名剧《契玦腊》",《国际公报》,1924年第2卷第26期,第5页。

景就叫人凝神屏息。平日里惯于辞章间唱念做打的文人雅士今儿一个个扮上,演王子的是哈佛归来的张歆海,演爱神的是天生的爱棍徐志摩,林徽因饰演公主齐德拉,林长民则演春神,"父女合演,空前美谈"①;王孟瑜、袁昌英、蒋百里、丁燮林等一众知识界能人在剧中龙套跑得不亦乐乎。随之登上历史舞台的,是以新月社和《晨报副刊》为中心的一圈崭新的知识分子类型。是夜,全剧从头至尾英文出演,单是林徽因之音吐佳妙,徐志摩之滑稽神情,就够报业津津乐道上好几个版面。不足一月以前,台上的这对年轻人陪同泰戈尔刚去法源寺赏过丁香,拍下了那张著名的合影,后世戏称"岁寒三友"②——林徽因若梅,徐志摩似竹,泰戈尔如松。

---

① "竺震旦诞生与爱情名剧《契玦腊》",《国际公报》,1924年第2卷第26期,第9页。
② 费慰梅:《中国建筑之魂:一个外国学者眼中的梁思成林徽因夫妇》,成寒译,上海文艺出版社,2003年,第33页。

这一年，泰戈尔六十四岁。清明时节，他从上海登岸，近五十天时间，在中国地图上画了半个圈。上海、杭州、南京、济南、北京、太原、汉口，如一幅徐徐展开的春天里的长卷，现代科学大大收缩了神秘的疆域，但这片古老而日新的土地仍让他心有戚戚。他因此称自己的中国之行，是"一个进香的人，对中国的古文化行礼"①。国民革命运动方才兴起，当激进革命派时刻提防着沦落为旧社会的陪葬品，他却同时被某种高深莫测的过去和辽阔的未来激荡召唤着。

文学，在和平年代带来的是战争的艺术，在乱世带来的则是和平的归属。自打来到中国，泰戈尔就没有半个空闲的日子。不到两个月，他发表了近四十场公开演讲和沙龙谈话，大谈"复活东方文

---

① 泰戈尔"东方文明的危机——太戈尔在上海各团体欢迎会上的讲演"，《东方杂志》1924 年第 21 卷第 10 号，第 126 页。

化"和中印友谊。用鲁迅的话说,他"几乎是印度唯一的被听到的文学声音"。同时期,中国也没有他那样世界级的文学巨星。既然诺奖得主泰戈尔曾代表失语已久的东方,在西方世界里发言,那兵匪交迫的时节,各方势力自然都渴望借助他的声音,为中国乱局独辟一条蹊径。彼时,新文化运动正受到以胡先骕、梅光迪、吴宓为首的"学衡派",章士钊打头的"甲寅派",和辜鸿铭等"玄学派"的三面夹击。鏖战正酣时,泰戈尔被几方拉扯,绑上战车,成为了治愈民族创伤的灵药、福音,抑或是骗术、迷毒。懊燠的政治气候中,"迎神与驱傩"[①]同台共舞,就连周作人也忍不住发牢骚,文化界对其"不免有点神经过敏了"[②]。

[①] 王燕"从'撒提'说开去:鲁迅的泰戈尔评价刍议",《苏州科技学院学报(社会科学版)》,2011年第2期,第48页。

[②] 周作人"'大人之危害'及其他",《晨报副刊》第四版,1924年5月14日。

不论泰戈尔情愿与否,在这片土地上,他拥有一流的朋友和一流的敌人。

泰戈尔的父亲戴宾德纳特·泰戈尔及祖父德瓦尔伽纳特.·泰戈尔都曾经造访过中国[①]。他本人则在二十年代和三十年代两次访华,每一次都在中国知识界掀起飓风。和争议构成反差的,是他每一帧都风和日丽的文字,恰似飓风中心的风暴眼——那几乎是他周身唯一的安宁之所。挺他的人,有文学研究会和新月派等摩登知识分子,梁启超、蔡元培、徐志摩、郑振铎都推崇他;请他吃过饭的有北京政府的头面人物段祺瑞、地方军阀阎锡山;送他礼物的有梅兰芳、齐白石、刘海粟、宋庆龄;给他发公告的人是溥仪。讨厌他的是谁呢?鲁迅专门写过文章嘲讽他,郭沫若、瞿秋白、矛盾、林语堂对

[①] 英德拉·纳特·乔杜里"泰戈尔笔下的中国形象","东方文化视野中的鲁迅与泰戈尔——'鲁迅与泰戈尔:跨时空对话'笔谈",《绍兴文理学院学报(哲学社会科学版)》2016年第5期,第23页。

他多有不敬,陈独秀干脆骂其"未曾说过一句正经,只是和清帝、舒尔曼、安格联、法源寺的和尚、佛化女青年及梅兰芳这类人,周旋了一阵"①,讥讽他要再得一次诺贝尔和平奖②,甚至邀约胡适,策划在《中国青年》开辟专版特号批评泰戈尔,被太极高手胡适闪躲过去。

不要忘了,陈独秀可是中国第一个翻译泰戈尔的人。早在1915年10月,他就翻译并发表了泰戈尔《吉檀迦利》中的《赞歌》,并在注释中赞其"诗文富于宗教哲学之理想"。而时光到了1924年,陈独秀劈头盖脸写下《太戈尔与东方文化》《诗人却不爱谈诗》《太戈尔与金钱主义》等系列讨伐文章,鞭挞泰戈尔的"奴隶的和平思想"使得"印度、马来人还过的是一手拭粪一手啖饭的生

---

① 陈独秀:"泰戈尔是一个什么东西!",《向导》周报第67期,1924年5月28日,署名:实庵。
② 陈独秀:"巴尔达里尼与泰戈尔",《向导》周报第67期,1924年5月28日,署名:独秀。

活"①。仅仅九年,二人思想分道扬镳,冰炭不相容。

从最开始的追随者,到最激烈的反对派,陈独秀绝非孤案。就在泰戈尔访华的流量巅峰期,新文化运动骁将们纷纷出招。《中国青年》开辟"泰戈尔特号"②,对这位戴印度小帽的年边诗人集中开火。曾翻译过泰戈尔短篇小说《骷髅》,并在自留地《小说月报》上大肆鼓吹过他的沈雁冰,此刻翻脸道,"我们决不欢迎高唱东方文化的太戈尔"③。

---

① 陈独秀:"泰戈尔与东方文化",《中国青年》第26期,1924年4月18日,第27页码,署名:实庵。

② 《中国青年》1924年4月18日第27期"泰戈尔特号"中,有陈独秀的《太戈尔与东方文化》、瞿秋白的《过去的人:太戈尔》、沈泽民的《太戈尔与中国青年》、亦湘的《太戈儿来华后的中国青年》等文。

③ 沈雁冰于1920年翻译泰戈尔短篇小说《骷髅》,发表于《东方杂志》第17卷2期。1923年9月末,他与郑振铎选译了太戈尔的诗集《歧路》,发表于《小说月报》第14卷第9号。1921年到1923年间,茅盾担任《小说月报》的主编,刊发了众多鼓吹泰戈尔的文章,其中1922年2月10日出版的《小说月报》第13卷第2号的"文学家研究"专号中就有郑振铎的《太戈尔传》《太戈（转下页）

向来文辞夸张泛滥的郭沫若,一年前还沉湎于自惭形秽,称在贵族的泰戈尔面前,自己是"一个平庸的贱子"①。且不说其忆起自己日本留学时初读泰戈尔诗之情景,"面壁捧书而默诵,时而流着感谢的眼泪而暗记,一种恬淡的悲调荡漾在我的身之内外。我享受着涅槃的快乐"②,他甚至在访谈中自诩:"最先对泰戈尔接近的,在中国恐怕我是第一个。"③然而就在泰戈尔访华不久,郭沫若转而斥其为"有产阶级的护符,无产阶级的

(接上页)尔的艺术观》,张闻天的《太戈尔对于印度和世界的使命》《太戈尔的妇女观》《太戈尔的"诗与哲学观"》等。然而1924年,茅盾转变态度,写作了《对于太戈尔的希望》《太戈尔与东方文化》等文(分别发表于《国民日报·觉悟》的1924年4月14日、5月16日)批判泰戈尔思想,并表示:"我们决不欢迎高唱东方文化的太戈尔"。

① 郭沫若:"太戈尔来华的我见",《国民日报·觉悟》,1924年4月14日。

② 郭沫若:"我的作诗的经过",《创造周刊》第23号,1923年10月。

③ 郭沫若、蒲风:"郭沫若诗作谈",《权世界》创刊号,1939年8月16日。

铁枷"①。

诚然,泰戈尔的诗让人很快爱上,又很快感到不满足。但究其根本,在革命的文学史中,诗反倒成了诗人最不要紧的部分。左派人士对泰戈尔的讥讽,大多与诗学无关,夹带着各色主义间的党同伐异。萨义德在谈论知识分子的忠诚时,笼统提到两个名字,一个是古巴的马蒂(jose marti, 1853—1895),另一个就是印度的泰戈尔,认为他们没有受到民族主义的爱国绑架。② 泰戈尔呼吁重振孟加拉语,对西方"邪恶的馈赠"③ 保持警惕,一心期冀重返梵天和心灵应许之地,这些非暴力思想在激

---

① 郭沫若:"太戈尔来华的我见",《国民日报·觉悟》,1924年4月14日。
② 萨义德在评论泰戈尔和马蒂时写道:"虽然他们一直都是民族主义者,但绝不因为民族而减低他们的批评。"参见爱德华·W·萨义德《知识分子论》,单德兴译,生活·读书·新知三联书店,2002年,第39页。
③ 以赛亚·伯林:《现实感:观念及其历史研究》,潘荣荣、林茂译,译林出版社,2011年,第303页。

进左派眼中堪比毒物,是"有产有闲阶级的吗啡、椰子酒"①。国家正饱受蹂躏,内忧外患,抗战一触即发,此时大谈内心安宁,委实太过奢侈,然而殊不知泰戈尔在印度恰是因为拥抱西方文明而饱受委屈。在东方与西方之间、传统与现代之间、民族主义与世界主义之间,这位克己复礼的诗人始终坚持着两边不讨好,左右不逢源的中庸之道。

他"坚决地站在中间道路上,没有背叛他看到的艰难的真理……夸大其词和走极端是比较容易的"②。世人尽可诟骂他过分革命理想,亦可掉过头来怪他太过顽固守旧。像一场醉翁之意不在酒的拔河比赛,牵拉双方都急于从他身上索取一些正面或反面教材。他的文学因而背负了太多审美以外的功利化营生,不可救药地跟政治缠绵在一起。

---

① 郭沫若:"太戈尔来华的我见",《国民日报·觉悟》,1924 年 4 月 14 日。
② 以赛亚·伯林:《现实感:观念及其历史研究》,潘荣荣、林茂译,译林出版社,2011 年,第 308 页。

不幸，亦为万幸。泰戈尔所面对的是个人和时代，中西之间，古今之间，雅俗之间的永恒缠斗与多重误解。这一切矛盾，仿佛水被吮进海绵，统统汇入他广博的灵魂，有如一声温柔的巨雷，那是"人类记忆里的一次灵迹"①。

二、 小诗与翻译

喇嘛说，灵迹不会发生第二回。

可谁成想到，泰戈尔的诗是一出循环上演的奇迹——它在临摹和翻译中一次又一次发生。五四以来，对真理的探寻和对新诗的探索相伴相生，泰戈尔被深深卷入政治话语的同时，亦无可替代地楔入中国新诗持久而深入的辨析之中。如果说他的诗掺和进时局政治，如同豆腐和沙子搅在一起难分彼

---

① 徐志摩："泰戈尔"，《晨报副镌》第112号，1924年5月19日。

此；那么《飞鸟集》嵌合新诗诗艺则如一颗膨胀螺丝打入背板，任它前方的壁画笔画日渐复杂，诗艺日臻成熟，背后的承重永远绕不过那最基础的，粗简细小的螺丝钉。甚至可以毫不夸张地讲，泰戈尔诗中藏有中国现代诗在造型艺术、表达技巧、内涵结构等诸多方面可加追溯的雏形和原点。有关新诗的探讨，绕不开一遍遍返回《飞鸟集》。

文学和人一样，有它的生老病死。《神曲》和《荷马史诗》活下来已成伟大的标本，《飞鸟集》却依然是聒噪鲜活的小生命。秘诀就在于，它在每个时代自我翻新。某个历史语境下一度无法超越的范本，伴随着世风迁徙和人类自我认知的推进，不断转世，不断被赋予新的意义。如同一颗顽强的原始种子在不同语言中自由的生长，《飞鸟集》被反复重译，且越译越新。坦白说，这得益于原文的不完美，但同时也彰显了其非凡的韧性和弹性。泰戈尔的中间道路，曾让他前后受敌；他的文字亦如印度的人口般繁茂，让真金经得住火炼——它经得起翻译折腾，付得起口舌代价。

《飞鸟集》最早出现在 1921 年的《新人》杂志，当初的译名为《迷途的鸟》①。此后流传最广的当属郑振铎的译本，他于 1922 年和 1923 年翻译出版了泰戈尔的《飞鸟集》和《新月集》，兼有剧本《春之循环》。1913 年，泰戈尔获得了诺贝尔文学奖，跟他一道提名的还有一个东方人——北大留辫子的教授辜鸿铭。就在那一年，他开始进入中国。民国以来，泰戈尔的译者阵容强大，李金发翻译了《吉檀迦利》《采果集》，王独清翻译了《新月集》，茅盾翻译了《歧路》，赵景深翻译了《采果集》，叶圣陶、沈泽民、刘大白、黄仲苏、徐培德等翻译《园丁集》，瞿世英翻译《春之循环》《齐德拉》，黄仲苏、高滋翻译《牺牲》《马丽尼》，江绍

---

① 1921 年 1 月《新人》杂志 7、8 期合刊上发表了署名王靖的译文，译名为《迷途的鸟》，共有 171 章。

原翻译《邮局》，梁宗岱翻译《隐士》，冰心翻译泰戈尔又一代表作《吉檀迦利》。一时间满纸争说泰戈尔，成为二十年代中国重要的文化现象。其中《飞鸟集》的译本最为富饶，有郑振铎不断再版的经典译本，有传统文人姚华以古典诗词形式译出的《五言飞鸟集》，亦有冯唐式的调侃——有人称之为翻译界遭遇的一次"恐怖袭击"。我们又读到了经典新读系列刘锋纯粹华美的译本，将泰诗从庸俗化中拯救。花式百出的翻译，都得以在泰戈尔诗行中各自栖息，美美与共，这恐怕又是泰翁的一大魅力。

如同伊夫·博纳富瓦所观察到的那样："诗语与其他一切言语存在根本性的差异。因此只能用一种特殊的方式进行翻译……要评价在另一种语言中的迁移，首先得思考诗意本身的性质问题。"[①] 倘若我们试图对《飞鸟集》的各种译本作出合乎诗学的

[①] 伊夫·博纳富瓦：《声音中的另一种语言》，许翡玎、曹丹红译，广西人民出版社，2020年，第1页。

评判，前提是辨明泰诗本身的诗意属性——究竟是何等天赋，使得它在不同语言中的迁徙频繁遭遇"幻觉"；又是何等异禀，令它始终鼓励译者冒译界之大不韪三番五次打破边界。

要描述这一切如何发生，我们必须回到那"奠基性"的时刻——亦即"语言产生之初发生的事"①。

现代诗并非定格之物，相反，它处于不断的分娩之中。停止分娩的一刻，往往是僵死之时。其受孕就发生在一瞬间，犹如氦闪光顾大地，那是一次存在的颤抖。片刻之间，可生出一番新天新地。"诗人的神经像最敏感的天线，接收着历史、宇宙传来的电波"，伴随着"心灵的突然豁亮，或智慧的突然爆发"②。唯有诗之真核，可以承受这一番宇宙大爆炸，打开领悟的瞬间，它的能量足以让人

---

① 伊夫·博纳富瓦：《声音中的另一种语言》，许翡玎、曹丹红译，广西人民出版社，2020年，第13页。
② 郑敏：《文化·语言·诗学　郑敏文论选》，福建人民出版社，2017年，第33页。

们"在极短的时间里突然领悟到更高、更富哲学意味、更普遍的某个真理"①。较之于诗,其他文体都有更强的世俗化属性,往往于铺陈之中消解冲淡了刺眼闪电和万古哀愁。"文起八代之衰",自韩愈起,文体改革亦如宗教改革,逐步剥离形式束缚,反对"言文脱节",走向"文以载道"。清末以来的文体改革则日渐洗去士大夫阶层的底色,走向大众,至白话文运动到达世俗化的顶点。文言文的退场,伴随着古典秩序的陨落。新道德,新美学,新认知,新问题,无一不闯入诗门,进入新的语言。"旧诗装不下这个诗的内容,昔日的诗人也很少有人有这个诗的内容",② 在新事物的敦促之下,新诗急需找到自己的形式感和抒情方式,泰戈尔的诗恰为彼时的新诗提供了易于上手的造型艺术乃至思

---

① 郑敏:《文化·语言·诗学——郑敏文论选》,福建人民出版社,2017年,第53页。
② 废名:《谈新诗》,商务印书馆,2017年,第7页。

维方式。《飞鸟集》最擅紧抓突发的思绪或意向，进而引至哲学高度，其散文化的表达又迎合了文体解放，完美匹配废名先生的择诗标准——"如果要做新诗，一定要这个诗是诗的内容，而写这个诗的文字要用散文的文字。"①

某种意义上，《飞鸟集》和中国新诗几乎是青梅竹马一同长大，就连文法都同行同止。诗歌作为语言的领跑者，《飞鸟集》多番尝试的翻译，无形中带动了白话文文法的成长。朱自清先生在对白话和文言的辨析中论及二者的一个重要区别：文言文囿于格律的形式之美，往往不重文法。② 在文法的不拘之中，自有一番灵动和不驯，亦成就了文由气生的妙不可言。今天甚至可以将文言狭隘地理解为一种精英化的文学语言，正是它的精美绝伦成就了中

---

① 废名：《谈新诗》，商务印书馆，2017年，第4页。
② 朱自清：《白话与文言》，《朱自清全集》第八卷，江苏教育出版社，1998年，第199页。

国这一诗的国度。然而白话文自开创伊始，就笃定要无差别面对最广阔的人民，其广泛普及，必须有规范的文法作为支撑。而这些文法，很多都是向翻译借鉴获得。胡适在《白话文言之优劣比较》中提到"从单音的进而为复音的"，"从不自然的文法进而为自然的文法"[①]，他同时注意到白话文在语法结构上有英法文的特征。如果我们将其反过来倒推——在同一文本的不同翻译之中，开启了文法的变换空间。作为最高频重译的诗集，仅当代以来《飞鸟集》已知译本就已超过十五种。不断翻新的翻译，成为新诗文法最好的操练；《飞鸟集》亦借此完成自身的新陈代谢。

"诗与其说是一个文本，不如说是一种光芒四射的物质，而译者要负责的正是这种物质。"[②] 诗

---

① 胡适：《胡适留学日记》，安徽教育出版社，2006年，第939—945页。
② 伊夫·博纳富瓦：《声音中的另一种语言》，许翡玎、曹丹红译，广西人民出版社，2020年，第51页。

人从虚空之中领受这明炽之物,再将这一火球传给译者,每个经手之人必燃烧自己的一部分血肉以接住这团骚动。据说,让·科克托写于1903年的戏剧《人类的声音》是"全世界女演员最想演的剧本"。《飞鸟集》恐怕也是译者们最愿意去挑战的诗集。它给予翻译者最大限度的自我展现的可能。泰戈尔的译者,都像勇敢的演员,他们用自己的血肉、思想、文辞、个性重新将他在中文世界里加以演绎。如同一出所有演员争相冒头的戏剧——几个简单的道具、只言片词的断语、简洁的布景,这个舞台没有规定性,台词朴素却变幻万端,角色的性格全由译者定义。你尽可以在舞台上演出你自己,这原本是翻译的大忌——泰戈尔又一次肇事,挑起翻译界的天问:究竟是读者优先,还是作者优先?译者弑君篡位,究竟该被历史接纳,抑或诛杀?冯唐的翻译,将泰戈尔推上争议潮头。支持冯唐的人抬出德国功能翻译学派的"目的论",反对者则搬出"信达雅"三座大山予以镇压。人们都说,老泰气得要掀棺材盖了!可谁晓得,墓床上静观的泰戈尔没准儿在暗自等待另一位译者来证明冯唐还不够激进?

几乎是一种魔性。救亡图存的年代,泰戈尔被迫卷进救国话语、科学与玄学、传统与现代的论争漩涡;文学日渐边缘化的消费年代,他亦可无事生非地闹出一场论战。一个世纪以来,泰戈尔都是中印情感中的最大公约数,《飞鸟集》更是收获了数量惊人的批评与模仿。译本之众多与风格之善变,并未劝退前赴后继的译家。依照译界之常理,当一个文本出现了难于超越的经典译本以后,多数译者难免心有忌惮,往往绕道而行。《飞鸟集》作为我国最早被介绍和翻译的泰戈尔诗集,其参与人数之众,发表刊物之广,更新速率之高,确为五四以来所罕见。即便冯唐之后翻译泰戈尔的诗,已变成一件非常危险的事,也阻挡不了多方名家的兴致,赴会一场语言的鸿门宴约。似乎,翻译《飞鸟集》正演变为译者的才艺独秀,抑或一场没有终点的行为艺术。面对翻译的背叛,在每一招险棋背后,源文本一面召唤,一面践行着乔治·斯坦纳预言的某种厄运——"涵义是被人们带回军营的美丽俘虏"①。

若非要揭开这美丽俘虏的面纱,眼前是一张天真却莫测的面孔。"一生中都用一种美学的态度来对待哲学问题"②的泰戈尔,崇尚的是"梵",亦即万物有灵。基督教和印度教都是他的好老师。如果我们将他放在经学系统中加以考察,他的诗歌大门夜不闭户,清风徐徐般的性灵,乃是由梵音生发而来的对人的启迪。

一千个人就可以有一千种对经的读解。

---

① 乔治·斯坦纳《巴别塔之后》,转引自伊夫·博纳富瓦《声音中的另一种语言》,许翡玎、曹丹红译,广西人民出版社,2020年,第30页。
② 维西瓦纳特·S·纳拉万:《泰戈尔评传》,刘文哲、何文女译,重庆出版社,1985年,第41页。

一个过客，不必装备任何时代背景知识，连艺术修养也非必需，就能眠进他的鸟语花香。他像诗歌界的莫扎特，听多了兴许会腻，却真真切切敞开怀抱迎接各路毫无准备的聆听者。那是自德彪西以来，现代艺术丧失已久的纯真与可爱，是一番清澈见底的永恒。没有知识的疾病，没有艺术的疯癫，这些稚气的诗句，保持着早已被艺术抛弃的珍贵健康和天然和睦。技巧上的不成熟，反倒成就了新诗的真挚与生机，如同废名所言："这个幼稚正是新诗的朝气，诗里的情感无有损失了。"①他因此和那些造作的"舞蹈大师"区别开来，他们带着"装饰的假发，朗诵着有节奏的对句和精心拟制的隽语，在浅薄无生气的沙龙里与一些小摆设为伍。"②

---

① 废名：《谈新诗》，商务印书馆，2017年，第62页。
② 以赛亚·伯林：《消极自由有什么错》，达巍、王琛、宋念申编，文化艺术出版社，2001年，第39页。

当卢梭、瓦格纳、波德莱尔竭力从根本上改变人们对事物的感知,泰戈尔朝着后退的方向,努力让事物保持原样。他以少见的直觉,轻而易举走入客体,走入事物的核心。如同一个打坐之人,拒绝艺术上的现代化革命,有意创造一种道德和灵性上的优越。他因而决不承认自己老古不化。1924年泰戈尔在北京一度辩解:"物质世界的嘈杂极其古老。人类精神世界的揭示才是现代的。我立于后者,故我便是现代的。"①不曾料想,他这番宜古宜今的尝试,竟复活了中国自古有之的小诗传统。某种意义上,泰戈尔诗中,葆有中国新诗的珍贵童年。中国的新诗探索者们,多多少少都曾为泰戈尔所照耀。二十世纪二十年代,随着白话文的成长,传统文体都面临现代化转型。而每一

---

① 转引自英德拉·纳特·乔杜里"泰戈尔笔下的中国形象""东方文化视野中的鲁迅与泰戈尔——'鲁迅与泰戈尔:跨时空对话'笔谈",《绍兴文理学院学报(哲学社会科学版)》2016年第5期,第25页。

种文体，转变的难度大相径庭。小说适应语言环境相对容易（过去也有白话小说），散文次之，诗歌的转型最难。中国古诗是严格参照格律，数着节拍写下的精美音响。白话文伊始，新诗的创作可谓一场创世纪。诗人们几乎是在全然不知何为创作的懵懂中摸黑下笔。最初的新诗是胡适《尝试集》里那些潦草诗句，我们至今仍可以大逆不道问一句：假如胡适错了呢？假如新诗从一开始方向就错了呢？新诗破壳而出，诗人们纷纷从各路语言中借来崭新的表达，刘大白、周作人、冰心等找到了另一种味道的新诗——深受泰戈尔诗灵滋养的小诗。

周作人在《论小诗》一文中说，"所谓小诗，是指现今流行的一至四行的新诗"。小诗依凭的是"忽然而起，忽而减"的"刹那感觉之心"[①]，走

---

① 周作人："论小诗"，《晨报副刊》，1922年6月21日。

的正是泰戈尔的诗路。不用开花,直接结果,这一番特殊的逻辑安排,甚至辐射至如今诗坛流行的截句。古诗词有绝句、律诗、词、赋等诸多门类,新诗在潜意识里同样渴望更多的色彩和类别。小诗自成一派。

这些雏形中的现代诗颇有几分俳句的样子,实际上泰戈尔的诗也脱不开俳句的影子,只是他不再恪守俳句那些严苛的规矩,比如第一句必要的"季语",比如五七五的铁律,又比如不能出现比喻——要知道泰戈尔最擅联想比喻等形象思维,远非凯恩斯爵士的"用思想思想"。《飞鸟集》中比喻点球连连得分,显然违背了彼时在欧美风头正劲的"意象派"的某些戒律:"诗中不要比喻——要表达,而不代表;不说教,不反映人的经验(这条有使作品缺乏人情味的危险)。"[①] 有俳句的精简,但没那么

---

① 彼得·琼斯:《意象派诗选》,裘小龙译,漓江出版社,1986年,第31页。

多清规戒律；有"感性和理性的复合体"①，又多了一分人情味和可资借鉴的人生经验，这大概能解释《飞鸟集》缘何往来东西、深浅咸宜。俳句意象之间是直通的，是节制东方美的表达，泰戈尔无论如何都要更滥情一些，更有青春期特质。其天真的暗示，明确的启发和孩童皆可习的散文化表达，给国人带来了一番崭新的美与智的体验。这貌似人均有份的诗情，好比基督教会每周末分发的免费午餐，领入了大量零基础的诗歌入门者，激励人们跃跃欲试的模仿。冰心受其影响写出的小诗"墙角的花"，至今还是中小学生修习诗歌的出发点。1924年冰心赴美留学，往后诗写得少了，小诗随之鲜见于文坛。泰戈尔也日渐归为职业诗人们一去不返的青春期读物。

---

① 埃兹拉·庞德：《回顾》，郑敏译，选自戴维·洛奇编，《二十世纪文学评论》（上），上海译文出版社，1993年，第108页。

此等"过时"的诗句,大约会一直存活下去,只因人类也没有显著进步,只因一代与一代终究隔阂。

三、泛爱与乐天

一战爆发后,泰戈尔拒绝了英国女王授予的勋爵,在美国亦遭冷遇。岂料"泰戈尔热"如一场热病,席卷了整个日本和中国。

这场热病持续了整整一个世纪,即便在不通文学的人当中,也引发了恣滥的迷拜与共情。令人惊奇的是,泰翁精湛的诗艺,并未灭顶于群氓之流,诗在诗人死后从未停止成长——它们持续成为人性中的一部分。文字的容器空了又空,永久地注入时代新生。《飞鸟集》一面过时,一面重生。

徐志摩在《太戈尔来华》[①] 中提到:"问他爱

[①] 徐志摩:"太戈尔来华",《小说月报》四卷九号,1923年,第1页。

念谁的英文诗,十余岁的小学生就自信不疑地回答说太戈尔。"这位"最通达人情,最近人情的"[①]诗人,"拿着作为真正人类关系之基础的不可计算的人与人之间的爱与尊重"[②],获得了最广阔的信众。叶芝在写给萝西夫人的一封信里说,"现代诗人很多是将镜片贴近眼睛的金匠,但这不应该是你的道路,也不是我的道路,我们走在另一条大道上……那里有广阔的情感和传统的支撑,诗人可以大踏步走在人群前面……"现代诗羊肠小道走得太久,泰戈尔走向的则是另一个极端:他简直跟人群不分你我。网络上至今流传一首泰戈尔"代表作"《世界上最远的距离》:"世界上最遥远的距离/不是生与死的距离/而是我站在你身边你却不知道我爱你。"查遍泰戈尔全数作品,也找不见这首诗的踪

---

① 徐志摩:"泰戈尔",《晨报副镌》第112号,1924年5月19日。

② 以赛亚·伯林:《现实感:观念及其历史研究》,潘荣荣、林茂译,译林出版社,2011年,第297页。

迹。这则心灵鸡汤最初出现在《读者》杂志①，多年来"寄存"于泰戈尔名下，不断被报刊杂志转载，并收入语文阅读教材。然而，即便心知此诗系"高仿"，还是挡不住出版商将其堂而皇之印上泰戈尔诗集封面。一般而言，只有生平难以考据的古早作者身上才会发生此等错位。一个现代作家，生平详尽可考，作品里竟混入了托名之作，实在是有趣的现象，也证明了泰戈尔非凡的吸收力——通俗的、高雅的、大众的、小众的，好的，烂的……人们坚信他都写得出来。似乎任何一首无名小诗都可以扫到他名下。任何人都可以模仿他，即兴在车票、厕纸、烟盒背面写下几行生活感悟。这些即生即灭，随手丢弃的灵光乍现，十年以后没准就登上了泰戈尔诗集的封面。这种与"福尔摩斯""柯南系列"命运相似的同

---

① 这首仿为2003年第14期上的引诗，摘自同年第5期《女子文学》（现改名《女子文摘》），最初来源于网络。

人自发创作[1],在诗歌界还绝无仅有。泰戈尔的文学世界从而有了一个开放式的结尾。

"所有可爱的,都是神圣的!"[2]这些诗句俘获了原初生命中涌动的闪光点,宇宙万物都是他的亲人,他们毫不生分,同为大自然生命体中生机勃勃的一枚碎片。在这一特性上,泰诗亦可与中国古典田园诗隔空握手。当工业化和消费主义瓦解了人类的共通连接,毁损了爱、忠诚和信仰的闭合电路,人类社会分化为原子化的个体和部落化的群体,泰戈尔用他人道主义的宽厚,在文学中重新连接起人类最基本的感性——那是属于梭罗和席勒所倡导的不含人本主义偏见的天真与朴素;是全然活

---

[1] 同人写作往往发生于流行文化领域,在这种亚文化中,同人可以将喜爱的人物或故事抽离出原作,进行二度创作,也可将原作加以续写,改变情节,甚至混入原作之中。

[2] Anthony Ashley Cooper, The Moralists: A Philosophical Rhapsody, London, 1709, part 3, section 1, p. 158.

在当下、毫无债务的精神满足；是内心深处从未开采过的灿烂；是人与万物之间纯洁的爱慕与尺度。仿佛春天就在他这一方芳草地复苏。轻轻一点，世间万象瞬间焕发出生命的光彩。

唯有季羡林窥探出其风光霁月中隐藏的怒目金刚。然而即便在最激烈的拉锯中，他泰然自若的文字也绝不带有文化讨债式的意气，泰戈尔从不和自己作对，也永远不会灰心。他所收获的纯熟的"金色的智慧"①，夹带着印度的灵修文化和瑜伽文化，是古老东方不同于现代科学的另一套对世界的解释方法。东方哲学对生命的体认，找到了一个诗人的嗓音。"西方的人生目的是'活动'，东方的人生目的是'实现'。"② 当"向外求"的西方文明造成了骇人的

---

① "我攀登过高峰，在声名荒秃的巅峰找不到庇护所。引领我，我的向导，在日光褪尽之前，进入安谧山谷，哪里人生的收获纯熟成了金色的智慧。"参见泰戈尔《飞鸟集》，刘锋译。

② 冯友兰："与印度泰谷尔谈话——东西文明之比较观"，《新潮》第3卷第1号，1921年10月1日，第139页。

浪费和精神世界的濒临枯竭，"向内求"的东方灵性试图治愈人心，开掘灵性的成长空间。

"人类之所以伟大是因为他的灵魂能容纳一切。"① 洪熙注意到，泰翁的哲学同虚无哲学、周易哲学以及梁漱溟的孔家哲学都有共同语言②，和王阳明亦有类似之处，既虚无又很有实操功效，商业社会的人群很是受用。某种意义上，泰戈尔可以说是现代心灵鸡汤的鼻祖。郭沫若则相信其泛神论思想，通向的是"我国周秦之际和宋时代一部分学者"③。其"泛爱"与"疗愈"，远不止林语堂口中的"精神安慰法"，更接近于现代修行中的"身心灵"。当黑暗和痛苦大量涌入现代诗，泰戈尔是罕有的

---

① 泰戈尔："在爱中彻悟——正确地认识人生"，《泰戈尔全集》第19卷，刘安武主编，刘竞良等译，石家庄：河北教育出版社，2001年，第59页。

② 洪熙："太戈尔底迷途"，《觉悟》，第4卷第27期，1924年4月27日。

③ 郭沫若："太戈尔来华的我见"，《国民日报·觉悟》，1924年4月14日。

"光明之子",他天性里有中国古典文化中的"乐天",如同1913年中文世界首篇引进泰戈尔的文章所言,"不在知世界之有苦痛,而在知转苦为乐、转忧为喜"①。他不扮演现代意义上酷感十足的"守夜人",相反,由于其面貌和道路的中庸,泰戈尔始终更像是白日的赞美家。这使得他持续获得大量文化层次较低的善男信女(如果他们的崇拜对他不构成侮辱和损害的话)。之所以可称他为赞美家,因其对"悲剧意识"的远离——泰戈尔始终不肯承认无法消解的矛盾与充满魅力的偏废,不愿割舍对完美圆满的憧憬。这同时导致《飞鸟集》中缺乏现代诗对抗和竞技的游戏。罗尔斯说:"自由主义的一个关键假设是,各平等的公民都有着各自不同的因而也的确无公度的和不可调和的善观念。"②

---

① 钱智修:"台峨尔的人生观",《东方杂志》,1913年第10卷第4号。
② 罗尔斯:《政治自由主义》,万俊人译,译林出版社,2000,第434页。

泰戈尔的"自由",显然与西方自由精神大相径庭,他更关心的是生命的普遍存在状态,而非个体的意见;他流连于人类的童年时代,信任普世的和谐之音。诗人对待文字的态度,连同对待生命的哲学,统统脱不开所属文化的天道与根性,我们亦可由此勾连出印度诗学与中国文化间的千丝万缕的亲缘关系。其与中国儒家的"大同思想",道家的"天人合一"、"乐天达观"都有默契,亦与佛教中的"慈悲"不无渊源,梁启超在论及这位东方诗学的大表舅时就使用了佛经中的"悲智双修"一词。不论《飞鸟集》还是《吉檀迦利》,都对上苍充满了奉献意识,是跟神对话的写作,充满规范自我的倾向与意识。"让他们活在他们自己选定的啸啸烟火世界。/我的心渴望您的星辰,我的上帝。"①

任世风百般变迁,任何时间任何地点泰戈尔都

---

① 泰戈尔:《飞鸟集》第286首,刘锋译。

会是一位好教友，拥有亲和力的心灵导师，值得托付的可靠知己。难以说清，这究竟是一种前进抑或后退——在东方文明的根性中建造现代知觉，在现代世界返回梵天。然而不可否认，这套诗歌瑜伽，锻造出一派可供瞻仰的风采，舒展了一代代焦灼的心灵，慰平了无数公开或秘密的创口，医治了万千无法安宁的思想者。

　　罡风狂浪中，泰戈尔始终是南亚的一盏明灯。没有他，印度和中国都要暗很多。南亚次大陆的季风一年年灌进《飞鸟集》字里行间，这些"写于丝绢和扇子上的点滴思想"①，曾经乘兴而来，即兴赋诗题赠梅兰芳；也曾败兴而归，月老牵线失策徐志摩林徽因②；它们变色龙般地，在不同时代换上适

---

　　① 泰戈尔曾说，"《流萤集》，源于我的中国和日本之行。彼时我常常应人之请，将我的点滴思想题写于扇子和丝绢上。"
　　② 1924年泰戈尔访华，充当翻译的是徐志摩和林徽因，泰戈尔一度还想牵线，后来发现不成，当初还写了一首诗，即《流萤集》第66首：The blue of the sky（转下页）

应环境的不同色彩,却永远能咬住时代核心地带的社会、道德和审美问题。结合了伟大和平庸,这些诗身段柔软,对付着善变的时局与人心,它们对这片霾天的造访还远未尽兴。

(接上页) longs for the earth's green, the wind between them sighs, "Alas". 参见泰戈尔《流萤集》,王钦刚译,四川文艺出版社,2019年,第66页。

附录一

演讲[1]:

过度的人与匮乏的人

我很难开口说自己是一个诗人,在我心里李白、杜甫、奥登、特朗斯特罗姆、阿赫玛托娃、曼德尔施塔姆、艾伦·金斯堡……那些伟大的名字才能叫诗人,我自己只是一个写诗的人。

---

[1] 本文系作者2017年12月在单向街书店文学节开幕式上的演讲。

写诗从来不是一个职业。今天无论在中国，还是全世界任何地方，没几个人可以靠写诗为生。但奇妙的是，一旦别人发现你写诗，一旦你真正掉进诗歌的黑洞，你的全部身份从此就只剩下一个，就是诗人。再做什么都显得无足轻重。的确，诗人是一个根本性的身份。

我身边有一群写诗的哥们儿，他们有各自不同的才华和方向，做着各式各样的工作，一方面把跟诗歌不相干的事业搞得轰轰烈烈（或者搞得一塌糊涂）；另一方面在内心深处，始终将诗歌生活看得远高于日常生活。也许，这种游手好闲的状态才是诗人的正途，就像火药最正当的用处不是枪炮，而是造出美丽的玩意儿——古中国那些最庄重的和最明智的贤人都在忙着弄花炮。正是这些无用之物、生活里的过剩之物，同时又是另一些人匮乏的东西，给了一个人最根本的定义。

职业、学历、金钱、地位或者星座血型，这些概念不管多实用,抑或多时髦,都没有能力定义一个真正的人。这些都只是标签。一个人被自己的丰沛定义着,一个人也同样被自己的匮乏不断定义着。

我今天的演讲主题是:过度的人与匮乏的人。出发点是去反思青年文化。我想,青年不以年龄做无聊的划分,而是取决于心智、心性以及姿态。所谓年长而勿衰,我们有的是白胡子年轻人,也有的是二十出头的老年人。过去我很反对80后、90后这种标签,因为它们让我想起了iPhone5、iphone6、iphonex,工具化流水线上的一代代产品,充斥着虚张声势的升级换代。但如今,我越来越能够欣赏其中微妙的对应和讽刺关系。也许实情就是这样,当机器模仿人性的丰富和有趣时,人类正在努力模仿机器的刻板与乏味。现代社会的险恶无处不在,却以慈眉善目的面孔隐藏在城市的内部。当你乘上时代的高速列车,以数百公里时速冲奔向前，当你还在为堂皇车厢中的舒适所迷惑，浑然不觉你此刻就是一颗高速射出的子弹。当新一代诗人还在天花乱坠地抒写小心思、小忧郁时，不知不觉已加入到一场成功的苟且。

尼采曾经区分过两种痛苦者："一种是生命力过剩的痛苦者，酒神式的神和人，他们需要一种酒神艺术，同样也需要一种悲剧的人生观和人生理解。"他描述那些生命过度旺盛的丰裕者，由于生殖力的过剩，"简直能够把一切沙漠造就成硕果累累的良田。"与之相对应的另一种，是苦于生命的贫乏的痛苦者。尼采谈论的是一种类型的艺术家，但我们今天也许可以将这种贫乏的痛苦，对应到这个时代的每一个年轻人身上。

我承认，我总是被那类过度的人所吸引，迷恋博物学家的气质，少年时还曾经立志要当一个万金油小姐。因此格外偏爱那些悬崖边的天才，伟大的病人，以及一切走钢丝的反动者。他们往往叛逆、异类，也可以说是彻底的摩登。正因为这样，他们很容易成为历史上的失踪者，成为需要被打捞的部分传统。尼采的描述可能抽象了点，我现在立刻能想起几个具体的人物，可亲可爱的对象。几年前，我开始研究这类天才人物，并把他们称作我"亲爱的模型"。今天也想跟大家分享其中一位。2013年夏天我博士二年级时，经孙郁老师指点第一次从周作人全集里注意到了哈夫洛克·霭理士这个名字。1918年周作人第一次译引蔼理士，此后终身宣称霭理士是对他影响最大的思想家之一。提起这些启蒙之书，周作人说，"我读了之后眼上的鳞片倏忽落下，对于人生与社会成立了一个见解"。就是这位曾经和弗洛伊德齐名的蔼理士，被称作他所处的时代里最文明的人。他是一位典型的尼采口中生命力过剩的天才，追随达尔文、斯宾塞、弗雷泽等博学家通才的传统，他相信理性与情感之间并非矛盾隔阂，努力将诸如道德起源、生物学、性学、儿童学、医学、妖术史、民俗学等文理知识海纳百川汇入自己的学术版图。他因为写"反常"的书,支持同性恋,研究犯罪天才而官司缠身。然而支撑他冒险的背后的逻辑,绝非为弱者维权,为大众祈福,恰恰相反,他的所作所为都是出于对濒危物种的激赏和保护。而到最后,他这样的博物学家也成为了时代的濒危物种。

我们今天很流行所谓的跨界,跟霭理士、斯宾塞、达·芬奇、尼古拉·特斯拉这些过剩的天才相比,这个时代的跨界是多么可笑。他们的能量实在太过强盛。当然了,才华不用白不用。聪明过头就不大人道。我至今仍然很清楚记得自己第一次读到霭理士时那种被打击到的感觉,去享受那种智力上的暴击。这些天生要与世上丑物相拼搏的人物,他们身上传统与沉默的成分,以及对广阔善恶的辨析,实在太过迷人;与此同时,他们对僵化的社会,拥有北欧海盗般天才的破坏力。

霭理士曾经专门考察过老子对于传统、规则、礼仪的漠视，他相信中国最深刻的道德家和哲学家并不重视一般意义上的道德，他们活在音乐之中——那种无声却和谐的音乐中的文明。他也乐于转引墨子的言辞，认为"效仿的力量是巨大的，一代人就足以改变一个民族的习惯。"墨子两千多年前的断言，离奇地印证了残酷的现代中国，一代人彻底地改变一个民族的习惯——那由礼仪和审美构建的伟大的音乐消失了，沉默在不断加强。十六世纪，裴雷拉惊讶地注意到中国没有乞丐，然而今日的中国充斥着文化上的乞丐和智力上的贫血。

比较起来那些过度的天才，我们这个时代多数是匮乏的人。这一代人面临着智识和审美上的匮乏。我们现在陷入到一种审美上的法西斯主义——这种法西斯并不是在歌颂精英，而是歌颂一种平庸、简单、谄媚。而对于一切有难度、有门槛的东西无限苛责。我经常听人批评现代诗读不懂，读不懂的就是垃圾。对不起，诗歌对无限的少数人说话，不需要让谁都读懂。有难度的诗句，恰恰是对现在审美法西斯主义的有力矫正，就像布罗茨基所言，"永远都是人民去模仿艺术的语言说话，而不是艺术模仿人民的语言说话"。

我们面临着情感上的匮乏。这个时代很多人对爱情都是失望的，因为我们的孤独感转移太快，随时可以去微信、网络、游戏上刷一把存在感，信息过度给每个人带来幻觉，好像可以永远有更多更好的选择。爱情被解构得太厉害。也许二十年后就都是AI女友AI男友了，那会儿的年轻人回溯起前辈来可能还觉得不可思议呢，说两个生物人一起多不卫生啊！

我们也面临着经验上的匮乏。当网线成为连接外部世界的唯一脐带，我们对真实世界的触觉随之退化。我们的认知严重依靠信息而不是实践，网络和想象力可以把我们带到世界的任何角落，好像不出门，坐在家里就可以创造世界。即便年轻如九零后，也不得不面对官能的退化和世界的中年危机。

我们同时面临着感知上的匮乏。年轻的一代甚至都不再拥有真正的疼痛了。我们的内心多久没有被无比锋利的情绪填满，多久没有挑战自己身体的极限，多久没有感到一种富足的疼痛？疼痛才是身体的重量，最初的人类一定是在劳动与疼痛的双重经验中成长为人，或者圣人的。疼痛是真理之母，是真理他亲妈。

这样的匮乏体现在一代人身上，同样体现在这一代年轻诗人身上。如何去书写自身和时代的匮乏，并通过书写去打破匮乏，重新获得一种真正强盛朗健的文化基因，这一直是我为之困惑的问题。我内心经常把诗人划分为两类，一类是知识分子型的诗人，一类是艺术家型的诗人。我觉得自己明明是偏艺术家型的，但不幸走上了一条知识分子的道路。我想，不断感受自身的匮乏，匮乏带来的不满足、饥饿的感觉,可能是一个知识分子最重要的存在感。

这个时代有他过剩的一面,物质的过剩、信息的过剩、欲望的过剩,这些都是片面的过剩,他们代表的往往是一种精神的无能。面对一代人发育不良的道德感,疯子、流氓、邪恶的天才,以及那些仅仅因为蠢而毁掉世界的人,新一代的诗人有他们新的天职。从朦胧诗以来,诗歌一直负责反抗,诗人们无法安置他们僭越的灵魂。然而一代人与一代人反抗的形式不一样,姿态也需要创造力。年轻一代诗人与时代的关系不再是简单粗暴的抗议,我更愿意用"拌嘴"和"调情"来形容他们之间的紧张关系。我相信这一代诗人会有自己更精致更多花样更漂亮的反抗姿态。

今天,随便谁买一张机票,就可以走一遍"鲁滨逊漂流记",有兴趣也可以重走"权力的游戏"中七国拍摄地。这种地理经验上的冒险,已经在现代社会里不可救药地衰败了，与此相对应的是"乡愁"的消失；而另一种心理经验的冒险，露出了更为诱人的面孔。如果把人生看作一件艺术品，主人翁就好像思想马戏团里的演员，随时随地把自己想象成另外一个人，过上崭新的人生。她必须时刻创造自己，创造生活，打破一切的陈词滥调。而这些，都是藏匿在诗歌背后的，对贫瘠生活的精致的讨伐。

在"过度"和"匮乏"之间寻找一种平衡的艺术，这同时也是一个"健康"问题，关乎文化和文明的健康状态。我们这一代人和赫胥黎、罗素、霭理士那一代人非常相似，都生活在科技带来的巨大的幻觉里。那一代人经历了生化科技带来的思维习惯的改变。这一代人则被科技更多侵入了日常生活，经历了生活习惯的改变。思维习惯和生活习惯将最终带来体质的改变，到那时，人作为一个物种将会彻底发生演变。这也许是一个最后的"人"的时代。我常和朋友开玩笑，别看颜值了，这是个最后的看脸时代！人工智能的未来，每个人都被生产得很美，美成为标配，或者说连美都工具化了。人性，也许会成为最珍贵的遗产。

这是究竟怎样的一代人？一个民族的习惯又该如何被翻转？我们如今还不时能够听到那些伟大反对者声音的回响。那些消极的反对者们，连同那些有罪的反对者们，他们沉默的呐喊一并汇入到鲁迅的呐喊之中。说到底，我们选择哪一种传统，决定了我们拥有的是哪一种文学，哪一种未来。

附录二

·

访谈：

性别议题还能给当代文学带来什么

采访：徐晨亮

《时代文学》：据我所知，你留学牛津大学时曾就读于性别研究专业，那么以你的视角，如何评价当下女性写作的整体处境？你接触的女性写作者，在性别意识方面，与前辈作家是否有明显差异？

戴潍娜：这一代人，正在迅速抛弃三维世界。那些真实的触感、体验、人和人的亲密关系都在蒸发。连人性都在质变，当下的女性写作必然也与前代大为不同。疫情在一定程度上暂缓了城市化进程，二次元的来袭在文化上表现为明显的"去中心化"。中小城市成为最具潜力的板块，也是最早知风雨的群体。"亚文化"可能是年轻一代文化当中更有活力的部分，它正在超过主流文化的辐射力，其千人千面千姿百态的极具表演化的二次元呈现，正在引领一种全新的生活方式和文学形态。城市中有各种各样的亚文化群体，他们都可能成为女性写作的依附社群。在一个极度原子化，或者说，社群分化越来越严重的社会，我们的文化在民族和个人之间始终缺乏中间概念（但其实人们最渴望的恰恰是中间概念的社群），而亚文化社群几乎成为了原子化个体间最后的亲密链接。撕裂，是此刻的主题。同一片区域里，有连夜排队购买 kaws 联名艺术潮牌的代购，也有成天研究工兵铲的生存狂，有隐秘的同人圈，也有乌托邦式的蒸汽朋克，抑或高技术低生活的赛博朋克、cosplay、scp 基金会等等。这些亚文化圈正在进入城市的潜意识。而女性写作的一大优势是，可以更友好的跨越各种界限。这也是这一代女性写作令人期待的地方。

《时代文学》：近期国内译介了不少女性视角的文学史研究与评论著作，如《阅读浪漫小说》《现代性的性别》《如何抑止女性写作》等。《如何抑止女性写作》一书的作者是美国科幻作家乔安娜·拉斯，她以较为个性化的方式总结出若干阻止、贬抑女性写作并使之边缘化的模式。除了贫困、缺乏教育机会、家庭义务造成的时间碎片化给女性写作者带来的阻力，以及歧视、污名化、双重标准等女性身在其他行业也会面对的制度化因素,她还在文学体制内部发现了一些特殊模式,并非简单粗暴地夺下女性手中的笔或是关闭大门,而是在她们"登堂入室"后设法加以贬抑,比如"个别化"(isolated),刻意挑选一部分女性作家或某位作家的一部分作品进入文学史、课程与选本,却排斥其余,从而强化既有的刻板印象;或是将一位有成就的女性作家"异常化",即将其文学才能归因于独特的遭遇或乖僻的性格,阻断不同文学女性基于相近处境可能产生的共鸣与互动,造成最终"榜样的缺失"——"在接连不断的挫折面前,女性需要榜样,不仅是要看同为女性的她们如何展现自己的文学想象力,而且要从她们那里得到保证,证明她们可以创作艺术",而不是只能因为写作"发疯或得不到爱情",成为没有女儿、没有母亲也没有姐妹的孤零零的个体。虽然该书所举的例子,主要来自欧美文学，我读起来同样有所共鸣。2019年我曾在《中华文学选刊》发起过一次针对85后、90后青年写作者的问卷调查，其中有一题是"有哪些作家对你的写作产生过深刻影响"，从回复中大致可以观察到这一代作家心目中经典谱系的构成，而其中被年轻女性写作者提及的中国现当代女作家只有张爱玲、萧红、王安忆、残雪等屈指可数的几位，占比极低（外国女作家的名单略长，仍远少于男性作家）。这不禁让人心生困惑，何以当下的年轻女性写作者在汉语文学的经典谱系中很难找到自己的榜样或者"母亲""姐妹"？我们的现当代文学研究领域每年生产的大量论著、文章，究竟是在建立可为写作者提供滋养的"女性文学传统"，还是用学术话语在历史与当下之间竖起藩篱？我想请教，如果在四十年、七十年、一百年乃至更长的历史坐标中，继续梳理、重新辨认汉语中的女性文学传统，还有哪些可供激活的资源？

戴潍娜：伍尔夫早在她著名的评论文章《妇女和小说》中就探讨过这一话题："只有当我们考察了平常女人所可能有的生活方式和生活经验，我们才能揭示那些不寻常的女性作为作家成功或失败的原因……公元前600多年在某个希腊岛屿上有萨福和一群女人写诗。后来她们沉默了。然后在公元1000年左右我们发现日本有一位宫廷贵族紫式部夫人，写了一部很长很优美的小说。但在戏剧家和诗人无比活跃的16世纪的英国，妇女却噤口无言。伊丽莎白时代文学是清一色的男性文学。此后，在18世纪末19世纪初，我们看到妇女又开始写作……"她接着得出一项相当客观的结论："很大程度上是法律和习俗造成了这奇特的间歇性的缄默和发声"。

在男权主导、男权评判的文学史中，女作家经常扮演着蝴蝶与蜜蜂的角色。这糟透了。中国古代的闺怨诗，绝大多数都是男诗人模仿女子的口吻写作的，而女人们写的诗基本出不去闺阁。就连女权主义的战场，最早驰骋于这片疆场的也是男性文人。民国最知名的女性杂志要属丁祖荫创办的《女子世界》，其主要作者是柳亚子、蒋维乔等人，周作人也化名"萍云女士""碧萝女士"经常在上面发表文章。说到底，我们的历史，是男性代言的历史。某种意义上，也是一部女性创造力被极端压抑的历史。在很长一段历史时间里，女性写作都是一件困难、危险，且几乎不可能的事。简奥斯汀常常用她哥哥的名字发表小说，她格外满意的那部《傲慢与偏见》，最终署名是 A Lady。

如果我们试图去谈论女性文学传统，还是首先要回归到女性整体的历史处境。性别，作为一种解放力存在,作为一种方法论存在,也可以作为一种评价体系和行动力存在。要真正建立女性文学传统,无疑是颠覆性的,它帮助我们思考并动摇这个世界建构的根基,质疑长期存在的种种价值观,彻底粉碎我们原有的故事版本,或者说,重写历史。而这些,显然是不被允许的。

《时代文学》:不管女作家和批评家怎样努力阐释女性写作与性别问题的复杂性,还是常被先入为主地理解为是在讨论"女作家应该写什么""如何写女性才更正确"。事实上,对应于女性问题在不同时代、不同年龄、不同环境、不同身份下展开的差异性,当代女性作家的写作也呈现丰富多样的面貌,甚至在一些具体问题上有针锋相对的表达,比如同样是在处理"母职"角色,有作者强调其对于当代女性的压迫，另一些作者则希望探讨其对于建构女性自我认同的意义。但这些不同的声音常常会被某种无形之幕所遮蔽，就像艺术史家格里塞尔达·波洛克《分殊正典》一书对于西方艺术正典体系的批判，通过不断强化"方式、媒介和材料的等级排序"，让颜料、画框、石头或青铜制成的艺术品凌驾于亚麻、针线、羊毛或黏土制成的艺术品之上，把纺织品、陶艺、刺绣等女性艺术品排斥在外。在你看来，我们究竟有没有办法打破这样的"模板""预设"与"先入为主"，在既有性别权力结构所固化的"等级排序"之外，建构起多元化的女性文学评价标准？在你的视野之内，当下有没有在主题、文体、方法、风格与问题意识上具备差异性或"非典型性"的女性创作？

戴潍娜： 我觉得这些年来，女权主义最大的迷失，就在于只顾争取表面权益，遗失了女性生命本质的自我。在政治上,女性领导力并没有表现为一种崭新气质的女性政治,很多时候是"比男人更男人"的男权政治的适应和延续;在文学上,其实有同样的问题。我们对"女性文学"的界定依然粗陋:女性写的文学,或者,写女性的文学。这里面始终缺乏一种真正的分辨和野心:在男性普世价值之外,创造一种女性普世价值。

早在第二次女权主义浪潮中,女权先驱们就一直在强调女性主义文学批评传统的建立。但一直以来,这种斗争都偏向于外在话语权的角逐,是性别倒置的另一种二元权力系统,本质上来说是毫无想象力的,落入了性别战争的窠臼。比如网剧《传闻中的陈芊芊》,展现了性别倒置后的荒诞,其本意是对男权赤裸裸的讽刺,可同时推演出简单粗暴的性别战争的不可行不可取。将男性群体作为战争对象,但同时对男性个体爱恋，这种分裂必定会生产出大量冒牌的女权主义者。事实上，绝大部分男性群体（他们是男权制度的隐性受害者），原本是这场战争中最值得被争取的盟友。

要创造一套女性普世价值，一种女性政治，首先需要有一套配适的语言。周作人在五四期间做过一个演讲《圣书与中国文学》，他认为中国文学"思想未成熟，固然是一个原因，没有适当的言词可以表现思想，也是一个重大的障碍"。没有适当的言辞表现女性普世价值，这也同样是女权主义的一个重大障碍。就像伍尔夫观察到的，"现在的语句是男人编造的"。语言从潜意识中就打上了男权的烙印。而那沉默的语言，沉潜在女性的生命本质之中——往往也正是我们在性别战争中遗失的部分。

《时代文学》：如将视野从当代文坛的圈子拓

展开去,我们会发现,谈及当下关注女性命运与处境的作品,更多普通读者首先提到的可能是台湾地区作家林奕含的《房思琪的初恋乐园》,曾改编为电影的韩国小说《82年生的金智英》,或者埃莱娜·费兰特的"那不勒斯四部曲"等。特别是《房思琪的初恋乐园》《82年生的金智英》以及角田光代《坡道上的家》、伊藤诗织《黑箱》等东亚国家地区涌现的女性文本,因文化结构与生存处境的相似性,读者经常会从中找到与现实生活中种种性别议题的关联。然而相对于普通读者对这类作品和公共议题的热情,文学圈的反应似乎有些矜持,或者说常常在纠结于作品的议题导向与所谓"文学性"的平衡,很多时候即使是在处理普遍性和结构性的性别问题,作者也会先声明是在挖掘个体的、私人的生命经验。这可能与文学界长期以来的某种成见有关,即把与男性相关的话题都视为"公共的"、宏大的叙事,而女性所面临的种种问题,则被归类为"私人的"(在一些批评家看来也是不重要的,位于"题材鄙视链"的末端)。

在性别议题引起普遍性关注的当下,反而是其他领域的女性创作者,包括一部分大众文化作品,敢于就女性话题发声,触碰具有普遍性的女性体验。如歌手谭维维最近的专辑《3811》,有首歌题为《小娟(化名)》,歌词极为犀利:"我们的名字不叫小娟/化名是我们最后防线……/最后如何被你们记录/奻姦妖婊嫖姘娟妓奴/耍婪佞妄娱嫌妨嫉妒/轻蔑摆布 嵌入头颅/隐去我姓名 忘记我姓名/同一出悲剧 不断上演继续……"列出一串带有"女"字旁又具有贬义的汉字,让我们看到"厌女"倾向如何深深渗透进千百年来国人所使用的文字体系。上面提及的这些作品和现象,是否有助于我们思考如何反转"公共的男人 vs. 私人的女人"这一陈旧观念，借助性别议题，重构当代文学的"公共性"，恢复文学与真实世界对话的能力呢？你曾写过一篇充溢激情的文章，赞许《房思琪的初恋乐园》《黑箱》这些作品是"愤怒的书，窒息的书，复仇的书"，"积极的愤怒，携带着改变的力量"，因此也是"改变之书"，并提供了关于英雄的女性主义想象。相信对此话题，也深有感触吧。

戴潍娜： 我之所以特别推崇《房思琪的初恋乐园》，就是因为她斗争的层次更深了一层。诱奸发生之后，她不满足于在法律、道德或现实层面"讨个说法"，她讨说法一直讨到了浩浩汤汤的文化源头。天才的林奕含，选择跟这套本身有缺陷的文字体系较劲。

《房思琪的初恋乐园》可以概括为一个向文学呼救之人，最终被辜负的故事。主人翁是一个在譬喻里生活的女孩，在经历了性暴力之后，企图通过写作，用墨水稀释自己的痛感。世间万物都在言辞的反射中确立，产生变形和谬误，生出浪漫和无限。房思琪有给过去的日记作注释的习惯；而整篇小说，撒开对其真实度的考量不论，我们完全可以将其看作对这场惨剧的完整注解。一切在第一章时就宣判了，落幕了，后面是毫无悬念、毫不吝啬的尽情铺展那最丑陋的一刻。所有接踵而至的文字，都是惨剧的重新到来，是对其重新解释，重新理解，处处洋溢着她对悲剧的心得。

到头来，人们发现施暴者都有可理解的一面（是我们的文学传统赋予了他们这样的理解）；唯有受害者是没理由的，没来头的（我们的文字体系中尚无她们的发音），像天上掉下来一个雷，后面怎么康复是她自己的事。她当然可以选择以复仇的方式去康复，但如何复仇，则又有了正义和非正义之分。一个受害者当然也有权力选择丑、脏、恶，因为实在没有比诱奸更丑、更脏、更恶了。但是作者最终选择了用美了结一切。

《时代文学》：众所周知，女性主义对于固有社会结构与文化体系的反思，影响不仅限于文学，而是深入到哲学、社会学、历史学等领域之中，就连曾被视为"价值中立"的科学领域也遭受到质疑。最近我翻阅从女性主义视角反思科学史的文章，读到很多实例。比如物理学上的"能量守恒定律"，就曾经被拿来论证女性"天生"不适合从事高强度的智力活动，因为她们的精力都被用于维持自己的生殖系统；反过来，若女性受教育过多，能量就会被大脑过度消耗，基于"能量守恒定律"，其生育能力就会受到影响。科学史家隆达·施宾格在《女性主义改变科学了吗?》一书中还提到林奈的例子,"哺乳动物"这个说法便是被他引入动物分类学,并沿用至今,事实上当年林奈还有很多备选的命名,而他最终选择"哺乳类"这个词,与十八世纪关于母乳喂养、女性在公共生活中的角色等争议密切相关,而当"哺乳"作为分类学的科学命名确认了人类的"天性",负责哺乳的女性便被认定不能赋予公共责任,应该退回家中。由此我联想到一些文学史上的案例。比如谈及男性作家塑造的女性经典人物,人们常常举福楼拜笔下的包法利夫人为例。近来在国内理论界走红的法国思想家朗西埃有篇独辟蹊径又影响深远的文章,分析福楼拜"为什么一定要杀掉艾玛·包法利"。根据朗西埃的解读,"艾玛的死是文学上的死,她是作为犯错的艺术家而死的",因为她要"把艺术滥用到生活里""变成她家的家具",违背了福楼拜试图建立的文学"新政",即通过有距离感的书写,将生活转变为艺术。有趣的是,芮塔·菲尔斯基《现代性的性别》一书对此有完全不同的解读,认为福楼拜要批判艾玛,出于十九世纪后期中产阶级男性知识分子对于女性化消费美学的恐惧,他们将冲击其文化自足性的物质主义、大众文化投射到沉迷于感官与情感的女性身上,并不断加以贬抑。所以在"高雅/通俗""理智/激情""疏离冷静的美学/泛滥的感伤主义"这类二元对立的论述背后,也包含着性别对立的潜文本。

——这仅仅是文学理论家玩弄的概念游戏吗?回到我们当下文学生产、传播的场景中,是不是也能在某些看似"价值中立"的美学标准和评价体系背后,发现性别权力论述所留下的印迹呢?这是我最近特别感兴趣的问题。

戴潍娜:所有美学标准和评价体系背后,都有潜藏的诉求。就像文学革命可以用来打破礼教,也可以用来塑造地缘政治。权力在所到之处都会留下印迹,就像狗在小区的每根树桩都要留下尿骚。

然而,女权主义应当是有别于权力的另一种智慧,如同植物的花朵与传粉者。那是一种广泛的彼此孕育,而非以暴力实现解放。唯有美的模式,才有胜算。

《时代文学》:在当下的文化语境下,对于女性的成长与认同、情感与体验、命运与困境的关注远非文学的专利。不管是绘画、音乐、戏剧等传统艺术形态,还是电影、电视甚至动漫、游戏,不管是文艺性、小众向,还是商业性、大众向的作品,都在以各自的方式回应着性别议题。能否请您再推荐几部来自文学领域之外,以其他艺术形式来探讨女性问题的作品？

戴潍娜：我就推荐一些戏剧吧，也不光光是表现女性问题的。立陶宛戏剧《马达加斯加》，素净又疯狂，主人公是一个把国家和爱人相混淆的男人，处处可见历史反思，伟大的表演，浸透灵魂里的狂野……还有斯特林堡的戏剧《父亲》，剧场版《2666》，与李尔王形成互文的戏剧《离去》，能让莫里哀从坟头跳出来的奥斯卡·科索诺瓦斯的《伪君子》，以及哪怕风雪交加也挡不住我去剧场膜拜的爱尔兰剧作家马丁·麦克多纳的全部剧作。

后记

·
致命阅读

对生活的过度热爱，已经伤害了我的写作；对读书的贪杯不忌口，也正伤害着我的阅读。为了不让自己的神经一直处于高度亢奋的状态，为了身心健康，我于是花费大量时间阅读一些文学周边——它们多是一沓沓枯燥史料和文献，丰富翔实的材料令它们值得一读，它们有限的才华又不要求你付诸全部心力，不至于叫你在极度快感或击打中身心俱疲。客官大可半认真半敷衍地消磨其中。我在这些文学缓冲地带休养生息，保持一个得体的阅读姿态，如同隔着白手套，握住纤纤玉手。但现在，我要谈谈那些"砍向内心冰封大海的斧头"（卡夫卡语），那些一出场就将人一拳撂倒的书，那些真正销魂荡魄的阅读。

掐指一算，大约有致命的三类。

第一类，是那种不负责任的阅读。读者大可如纨绔子弟般在思想游乐场里游手好闲，面带点艳羡又讥诮之色，去瞧那些才气过盛的作者们在文字里挥金如土。动不动严肃地讨论点不严肃的话题，或不严肃地讨论点严肃的话题。比如王尔德这样的作家，随他怎么写你怎么读，都没问题，对彼此都不用负责。最重要的是一种磁力。邪恶之人或行动派很难对这位毒舌大师感兴趣，倒是一个正经人，性格里有点蠢蠢欲动的因子，就很容易被王尔德勾引，发现自己和他性情相近，一方面是彻头彻尾的享乐主义者，另一方面又不可逃避地被厄运吸引，被自身的戏剧感裹挟。就连金钱在他那里，都是一个美学对象。他在自己时代里的反抗和屈服都格外迷人，而重新去理解王尔德之屈服，似乎更有意义。

人生时刻在审美，又天生爱唱反调的，还有唐寅。他的句子、对子、画中、书中，到处都有一种"妙"。绣口一张，淹死几代文人。连死亡文化，古往今来也属他写得最活泼最切肤："生在阳间有散场，死归地府又何妨，阳间地府俱相似，只当漂流在异乡。"此等与死神同呼吸共成长，中国式的对历史时间的顺应，有一位名叫谢阁兰的法国汉学家体认尤深。他奔袭千里拍摄古中国的各式墓碑，独创一手"碑体诗"。他纳闷儿一个拥有五千年无间断史学传统的国度，唐以前的建筑何以不超过五座？唯一的合理解释，是牟复礼的推想：中国对待历史的态度跟任何一种古老文明不大一样，我们相信没有静物逃脱得了时间的利爪，相信物质终要作为祭品献祭给时间；历史绝不保存于遗迹之中，相反它需要毁灭、清扫与遗忘，恰如一幅兴许从未存在过的《兰亭集序》，不断的拓印和临摹创造出审美的历史。谢阁兰天马行空充满异域风情的风光游记，照见了一个素颜的中国。而我们，总要在异乡才真正开始认识故乡。

才子的书，和现实中的才子一样，往往指望不上，帮不了什么忙。可这也正是迷人的地方，没利害关系的书，最能诱发出纯粹的喜爱。比如钱钟书，做的是文心雕龙式的灵感型学问，《七缀集》叫人一面读得口舌生香，一面暗戳戳地思量，这等好文章搁今儿恐发不了核心期刊。又比如木心讲的《文学回忆录》，一副你千万别当真的架势，却说着最认真的话，办着最认真的事。

才华真无所谓，烧了就烧了，才华就是拿来烧拿来点燃的，像思想和艺术的干柴。而才华的主人们，每分每秒都在烈焰焚身中纯洁化。无论王尔德还是唐寅，除了文字魅力以外，还有模仿不来的性格魅力，那是一个时代真正的风流。在中国，再也没有像《世说新语》中的魏晋范儿和名士谐星；正如在西方，再也没有李斯特那样在音乐中昏厥的卓越演员。

另有一批幻想家狂人，他们以科学家的面目示人。传说制造出通古斯大爆炸的尼古拉·特斯拉，Wi-Fi之母艳星海蒂·拉玛，写出《时间简史》《果壳中的宇宙》的霍金……他们的作品和人生，胜在庞杂的跨学科纵横，自带一股山摇地动的历史叙述力。自然科学类书籍，意外勾得我胸中悲悯丛生。看那茫茫宇宙中的一点真理，就足够一个天才耗尽一生。

第二类，是美人著书。阅读让人有机会在雄性大脑和雌性大脑间不时切换。文字也是有性别的，只不过这性别划分更微妙更精细，远超男、女、

LGBT，数一数恐怕不亚于蔷薇花科……我偏爱那些女人写的书（姑且笼统的叫她们女人吧）。早年间，因听信了马克·吐温著名的诽谤，我在很长一段时间里拒绝阅读简·奥斯汀。简·奥斯汀去世十八年后才出生的这位美国文豪大发牢骚："一间图书馆只要没有收藏简·奥斯汀的小说，它就是一间好图书馆。"直至前几年，我对照着几个不同译本的《傲慢与偏见》认真一读，这才彻底纠正了我从马克·吐温先生那里继承来的傲慢，与对简·奥斯汀小姐的偏见。她小说对话中的机巧与讥讽，永远挠到文明的痒处，她单身到死又给了我莫大的安慰。留学期间，我曾寻访过她的故居，在英国巴斯小镇上，一座粉色的二层小楼，一楼是会客厅，二楼是她和她姐姐各自的卧室，床头摆着她们迷恋的洋娃娃。一张小书桌，紧贴窗口，难以想象这个终身未婚的女子就在这样一张狭小的书桌上写下了至今叫人津津乐道的机锋诙谐的传世之作。屋子里的摆设大多陈旧考究，瞬间将人拉回十八世纪末英伦女性压抑又精致的生活和内心世界。墙壁上还挂着她打动了几个世纪男人的静美肖像，尽管已有研究证明，画中女子实际是她姐姐，我依旧相信她就有这般天使的面庞。

美貌增加了文字的可信度。一个貌美之徒往往需要比对手高出几个段位，才能排除异议留存下来。伍尔夫的一张侧颜杀，让我莫名产生了抄她书的冲动；汉娜·阿伦特，叫人不得不整顿精神严肃对待，为了不现出自己的蠢相；看到波伏瓦的狐狸毛帽，我就已经在猜她的脚上穿着什么款式的鞋子，我因而确信她懂得何为女人，信服她高贵的理论；莎乐美的颠倒众生彻底遮蔽了她的评论功力，没有谁比她更懂得易卜生笔下的娜拉们，正如没有谁比她更理解尼采、里尔克、弗洛伊德、霍普曼、斯特林堡等那个时代最成熟的心智最杰出的心灵。也没有谁比她在美貌与才华这件事上更吃亏！她不仅仅是缪斯，她的创造，连缪斯都感到惊愕！安·兰德，仅凭她一张高冷的黑白肖像，我就冲动地购买了市面上可以找到的她所有版本，但实话说读了一半颇感失望。不过这种失望是可以忍耐的。真正了不起的失望，都是苏珊·桑塔格带来的——她是那种每句话都重拳出击的智力竞赛式写作，让你时刻处于对自身精神懒惰的失望之中，时刻忏悔自己的思维无能——每一行都是美人的挑衅。桑塔格收到儿媳写她的回忆录时，曾自嘲封面上自己的照片像个女狱警，而在马丁·斯科塞斯拍摄的纽约书评纪录片中，彼时尚未成为美国文坛非正式女盟主的年轻桑塔格从观众席里站起来，她发言时眼波流转，那一潭清澈的深渊，才真的惊艳，道道目光摄人魂魄。中年以后愈发脱俗，额前那一绺白发，是某种终极勾引。此等随年岁渐长而递增的艳光，唯唐代女道士李冶可比。这位唐玄宗口中的"俊媪"，漂亮的徐娘，一辈子写出了"至高至明日月，至亲至疏夫妻"二行，夫复何求？看那字面上的冷僻哲理，和字面下的不共戴天！好诗就是如此，要极端复杂，同时极端单纯。女诗人里，最让我放不下的是萨福，她美得像个谎言，她写下的又毁灭殆尽，存世之作少得像个传奇。没有理由不去信仰她，断简残篇也绝不敢唐突。为了换取多读她一行，我宁可去码头扛一年沙袋。

最后还有一类，是我怕读的书，怕听的音乐。我总是受到那些强烈的，甚至用力过猛的音符的吸引，它们像一些永远无法付诸实践，又无法安宁下来的炽烈的信念，你永远无法正确地赞美它，因为你深信这些赞美都会引来作者的嘲笑。一个意志软弱的人害怕去碰他们，怕自己脆弱的神经会随时断掉，怕自己被彻底卷入。第一次听瓦格纳时，我就听得热泪滂沱，歌剧《帕西法尔》前奏曲的激情控制了我，音乐好像一双巨手紧紧抱住我的脑袋使劲晃动。后来有朋友笑话说，你怎么跟希特勒一样阿，希特勒不是听瓦格纳就会流泪嘛。跟瓦格纳绝交的尼采，他所有的书我都膜拜。《查拉图斯特拉如是说》《悲剧的诞生》，读这些书像屠龙，像在做倒立。面对如此傲慢而狂热的书，劳累而任性的狂乱心灵，一个人会读到想跺脚，想摔杯子。翻开读过的旧书，几乎每一页每一行都有我蓝色的钢笔画线，那是我阅读时紊乱的心电图。

一个凡人，在超人的激情磅礴中精疲力竭，不由地痛感所有干枯的教条，都是出于对生命本身强烈的嫉妒。同样的妒意，在观看萧伯纳戏剧时也牢牢绑住了我！不同的人对于生命和时代的深度思辨力，区分了其灵魂的克重。哲学家都不好惹，维特根斯坦让我头疼了两年，也贡献了我最初的失眠；危险的福柯，他的书后劲儿可真大，读罢几个月甚至经年都在脑海中挥之不去。他不仅影响我的思想，还妄图越界指导我的行动，我的人生。幸而，我做人太乖，与作诗不合。卡尔维诺、博尔赫斯，一个教人飞翔术，一个困死于棋局。三岛由纪夫诱开你细腻且暴烈的深情，回归知觉与执念上的青春期。不得不提的还有《哈扎尔词典》，一翻开书页，魔鬼的气息就把你攫住，每次打开都忍不住从第一页重新读起，导致……我至今都没有读完，不敢读完，舍不得读完。与之相反的是奥威尔、赫胥黎，逼着你一口气读到结局，得到的却是脑门儿上一口再也摘不掉的响亮警钟。可怕的阅读，是只有最强烈最纯粹的灵魂才会玩的游戏。在那些写作的毒夜，想象房间里有一个陀思妥耶夫斯基凝视你拷问你监视你抚慰你……

这份爱慕书单，我好像有意无意跳过了所有现代诗人。大概是，他们在我心房中的位置实在太亲密，太私人了，以至，这些名字已经不大适合在客厅里公开谈论……

图书在版编目（CIP）数据

学坏 / 戴潍娜著. -- 上海：上海文艺出版社，2025

ISBN 978-7-5321-8794-2

Ⅰ.①学… Ⅱ.①戴… Ⅲ.①随笔－作品集－中国－当代 Ⅳ.①I267.1

中国国家版本馆CIP数据核字(2024)第012230号

发 行 人：毕　胜
责任编辑：李伟长　贺宇轩
封面设计：彭振威设计事务所

书　　名：学坏
作　　者：戴潍娜
出　　版：上海世纪出版集团　上海文艺出版社
地　　址：上海市闵行区号景路159弄A座2楼 201101
发　　行：上海文艺出版社发行中心
　　　　　上海市闵行区号景路159弄A座2楼206室 201101 www.ewen.co
印　　刷：浙江中恒世纪印务有限公司
开　　本：787×1092 1/32
印　　张：9.125
插　　页：4
字　　数：109,000
印　　次：2025年1月第1版 2025年1月第1次印刷
Ｉ Ｓ Ｂ Ｎ：978-7-5321-8794-2/I.6935
定　　价：59.00元
告 读 者：如发现本书有质量问题请与印刷厂质量科联系　T:0571-88855633